김구 말꽃모음

김구 말꽃모음

김구 글 · 이주영 엮음

단비
danbi

　백범 김구 선생님이 남기신 말씀 가운데서 우리 겨레 모두가 쉽게 읽을 수 있게 쉬운 우리말로 풀어 쓰고 다듬어 보고 싶다는 생각은 오래전부터 했습니다. 내가 초등학교에서 어린이들을 가르쳤으니 초등학교 5,6학년을 가르칠 때는 어린이들이 알기 쉽게 풀어서 이야기해 주곤 했습니다. 그러나 이렇게 책으로 낼 용기는 없었습니다. 자칫 백범 김구 선생님 뜻을 잘못 풀이할 수 있기 때문입니다.

　그러나 이제 더는 미룰 수 없다 싶었습니다. 위와 간에 있는 암을 발견하고 죽는 줄 알았다가 살아나 보니 사람 목숨이란 게 언제 어떻게 될지 알 수 없다는 걸 깨달았기 때문입니다. 물론 지식으로는 사람은 다 죽는 것이고, 나도 언젠가는 죽을 거라는 건 알고 있었습니다. 그러나 머리로 알고 있다는 것과 몸으로 깨닫는다는 건 전혀 다른 것이었습니다.

그래서 내가 하고 싶은 일을 망설이지 말고 해야겠다고 생각했습니다. 백범 김구 선생님 글을 내 짧은 우리말 지식으로 감히 풀어 쓰고, 문장을 다듬고, 해석을 하기도 했습니다. 그 수준을 낮추었다 높였다 서너 차례 뒤집어엎으면서 1년이 넘게 조물락거렸습니다. 그러나 마지막에 크게 마음먹고 결정했습니다. 만일 영어책을 한글로 번역한다면 어떻게 할까? 만일 김구 선생님이 지금 이 시기에 살아 계신다면 어떤 마음으로 이 부분을 고치실까? 를 생각하면서 글을 고르고, 쉽게 풀고, 문장을 다듬고, 글마다 제목을 달았습니다.

이 책에 실린 글 1부, 2부, 5부는 백범김구선생기념사업협회에서 1947년에 펴낸 《김구 자서전 백범일지》 7판(1968년)을 다시 읽으면서 차례대로 골랐습니다. 이 책은 1972년 고등학교 2학년 때 나름 의거를 일으켰다가 잡혀서 동대문 유치장에 갇혔을 때 찾아와 격려해 주신 김구 선생님 아드님이신 김신이 선물로 주신 책입니다. 그때 이 책을 읽고 제 삶이 180도 바뀌었고, 덕분에 지금까지 잘 살고 있습니다. 3부와 4부는 백범사상연구소(소장 백기완)에서 1973년 펴낸 《백범어록》 초판에서 골랐습니다. 이 책은 춘천교육대학교 1학년 때인 단기 4307년(1974년) 5월 30일, 백범사상연구소를 물어물어 찾아가서 겨우 샀던 책입니다. 역시 책에 있는 차례로 엮었습니다. 그동안 백범일지나 백범 연설문 자료들을 많은 분들이 연구해서 새로 쓰고 엮은 책이 많지만 굳이 이 책을 모본으로 삼은 까닭은 어디까지나 이 책은 제 삶에 들어온 백범 김구를 제 방식대로 읽고 만난 결과물이기 때문입니다.

이 책을 읽는 분들 가운데는 "정말 쉽고 깔끔하게 잘 풀었네."라고 생각하실 분도 있고, "이거 너무 나간 거 아닌가? 이 글은 이렇게 풀어야지."라고 말씀하실 분도 계실 겁니다. 더욱 한국글쓰기교육연구회 회원 가운데서는 "이런 한자도 풀어 써야지. 이걸 왜 그냥 두었지?" 하고 질책하실 분도 있을 수 있습니다. 그러나 그렇게 생각하시는 분들 의견을 잘 들었다가 다음 판을 찍을 때는 더 살펴서 계속 다듬고 다듬겠습니다. 더 좋은 건 그렇게 생각하시는 분들이 스스로 새로운 백범 김구에 대한 글을 써 주시는 것입니다.

이 책이 백범 김구를 마음밥으로 먹으며 살고 싶은 사람들 마음에 좋은 밥이 되기를 바랍니다. 누구보다 이 땅에서 나보다 더 오래 살아가야 할 어린이, 청소년, 청년들이 마음에 품어 주기를 바랍니다. 아이들을 가르치는 천하의 교육자, 부모와 교사들이 읽고 마음에 새기기를 소망합니다. 우리 겨레가 완전 자주, 통일, 독립한 민주 국가인 대한민국을 만들어서 우리 겨레 스스로도 행복하게 살면서 세계 인류 모두가 평화롭게 살 수 있는 사랑과 평화의 문화를 만들고, 그런 세계를 지킬 수 있는 힘을 낼 수 있는 작은 씨앗이 되기를 기원합니다.

대한민국 98년(2016년) 4월 13일
대한민국 임시정부 수립을 기리면서

이주영 씀

| 차례 |

나는
마음 좋은 사람이
되겠다

1 기초 철학이 필요하다.

무릇 한 나라가 서서 한 민족이 국민 생활을 하려면 반드시 기초가 되는 철학이 있어야 하는 것이다. 민족 기초 철학이 없으면 국민 사상이 통일이 되지 못하여 더러는 이 나라 철학에 쏠리고, 더러는 저 민족 철학에 끌리어 사상과 정신의 독립을 유지하지 못한다. 그러면 남한테 의지하고 저희끼리는 부끄럽고 지저분하게 다투게 되는 것이다.

2 우리 철학을 세워야 한다.

　　더러는 로크의 철학을 믿으니 이는 워싱턴을 서울로 옮기는 자들이요 또 더러는 마르크스, 레닌, 스탈린의 철학을 믿으니 이들은 모스크바를 우리 서울로 삼자는 사람들이다. 워싱턴도 모스크바도 우리 서울이 될 수 없는 것이요 또 되어서는 안 되는 것이다. 만일 그것을 주장하는 자가 있다면 그것은 예전에 동경을 우리 서울로 하자는 자와 다름이 없을 것이다. 우리 서울은 오직 우리의 서울이라야 한다. 우리는 우리 철학을 찾고, 세우고, 주장하여야 한다. 이것을 깨닫는 날이 우리 동포가 진실로 독립정신을 가지는 날이요 참으로 독립하는 날이다.

3 우리가 거름이 되어야 한다.

우리는 우리들 시체로 성벽을 삼아서 우리 독립을 지키고, 우리들 시체로 발등상을 삼아서 우리 자손을 높이고, 우리들 시체로 거름을 삼아서 우리 문화의 꽃을 피우고 열매를 맺도록 해야 한다.

4 독립은 내가 하는 것이다.

나라는 내 나라요 남의 나라가 아니다. 독립은 내가 하는 것이지 다른 사람이 하는 것이 아니다. 우리 겨레 한 사람 한 사람이 모두 이를 깨달아 이대로 움직인다면 우리나라가 독립이 아니 될 수도 없다. 또 좋은 나라 큰 나라로 이나라를 보전하지 아니할 수도 없는 것이다.

5 이 나라를 내 나라로 알아야 한다.

    나는 우리 젊은 남자와 여자들 속에서 참으로 크고 훌륭한 애국자와 엄청나게 빛나는 일을 하는 큰 인물이 쏟아져 나오기를 믿는다. 동시에 더 간절히 바라는 것은 저마다이 나라를 내 나라로 알고 평생에 이 나라를 위하여 있는 힘을 다하게 되는 것이다.

나는 마음 좋은 사람이 되기로 결심했다.

아무리 내 얼굴을 관찰해 보아도 귀하게 되거나 부자가 될 것 같은 좋은 생김새는 없고 천하고, 가난하고, 나쁘다는 모양이었다. 앞서 과거시험에서 실망했기에 관상이라도 좋은가 보려 하였는데 오히려 마음에 상처만 더 받았다. 짐승 모양으로 그저 살기나 위해서 살다가 죽을까. 세상에 살아 있을 마음이 조금도 없었다.

이렇게 절망에 빠진 나에게 오직 한 가지 희망을 준 것이 《마의상서》 중에 있는 이 글이었다.

얼굴 좋음이 몸 좋음만 못하고 몸 좋음이 마음 좋음만 못하다. (相好不如身好, 身好不如心好)

이것을 보고 나는 마음 좋은 사람이 되기로 굳게 결심하였다.

* 《마의상서(麻衣相書)》: 사람 얼굴을 보고 그 품성과 앞날을 살펴볼 수 있는 내용을 쓴 옛날 책(엮은이).

7 착한 일을 실천하니 조화다.

"그대가 동학을 하여 보니 무슨 조화가 나던가?"

하는 것이 가장 흔히 내게 와서 묻는 말이었다. 사람들은 바른 길을 찾지 아니하고 요술과 같은 신기함만 찾는 것이었다. 그런 질문을 받을 때에는 나는 이렇게 대답하였다.

"나쁜 일을 짓지 않고 착한 일을 실천하게 되는 것이 조화니라."

이것이 나의 솔직하고 정당한 대답인데도 듣는 이는 내가 신통력을 감추고 자기네에게 아니 보여 주는 것이라고 생각하는 모양이었다.

8 몸으로 실천하기만 힘쓰라.

　사람이 저를 알기도 쉬운 일이 아니어든 하물며 남의 일을 어찌 알랴. 그러므로 내가 그대의 장래를 판단할 힘은 없으나 내가 한 가지 그대에게 확실히 말할 것이 있으니 그것은 성현을 목표로 하고 성현의 자취를 밟으라 하는 것이다. 이렇게 힘써 가노라면 성현의 지경에 달하는 사람도 있고 못 미치는 사람도 있거니와 이왕 그대가 마음이 좋은 사람이 될 뜻을 가졌으니 몇 번 길을 잘못 들더라도 본마음만 바꾸지 말고 고치고 또 고치며 나아가면 목적지에 다다를 날이 반드시 있을 것이니 괴로워하지 말고 몸으로 실천하기만 힘쓰라.

9 망하더라도 거룩하게 망해야 한다.

예로부터 천하에 흥하여 보지 아니한 나라도 없고 망해 보지 아니한 나라도 없다. 그런데 나라가 망하는 데도 거룩하게 망하는 것이 있고 더럽게 망하는 것이 있다. 백성이 의롭게 싸우다가 힘이 다하여 망하는 것은 거룩하게 망하는 것이요, 백성이 여러 패로 갈려서 한 편은 이 나라에 붙고 한 편은 저 나라에 붙어서 외국에는 아첨하면서 제 동포끼리 싸워서 망하는 것은 더럽게 망하는 것이다.

10 옳다고 믿는다면 혼자라도 하라.

　누구나 제가 옳다고 믿는 것을 혼자만이라도 실행하는 것이 필요하니 저마다 남이 하기를 바랄 것이 아니라 저마다 제 일을 하면 자연 그 일을 하는 사람이 많아진다.

11 가난한 동네도 책을 읽는 서재는 기와집이다.

함경도에 들어서서 가장 놀란 것은 교육제도가 황해도나 평안도보다 발달된 것이다. 아무리 초가집만 있는 가난한 동네에도 서재와 도청은 기와집이었다. 서재는 책을 모아 놓고 읽으며 공부하는 곳이다. 홍원 땅 어느 서재에는 선생이 세 사람이 있어서 학과를 고등, 중등, 초등으로 나눠서 각각 한 반씩 담당하여 가르쳤다.

* 서재: 동네 사람들이 함께 책을 읽는 집, 요즘 도서관과 비슷하다고 볼 수 있음.

도청이란 것은 동네에서 공용으로 쓰는 집이다. 도청은 보통 집보다 크고 화려하다. 사람들은 밤이면 여기 모여서 동네일을 의논도 하고 새끼 꼬기, 짚신 삼기도 하고, 이야기 책도 듣고, 놀기도 하고, 또 동네 안에 뉘 집에나 손님이 오면 집에서 식사만 대접하고 잠은 도청에서 자게 하니 이를 테면 공동 사랑이요 여관이요 공회당이다. 만일 돈 없는 나그네가 오면 도청 돈으로 밥을 주도록 되어 있다. 모두 본받을 좋은 풍속이다.

¹³ 감옥에 갇힌 죄수도 가르쳐야 한다.

나는 우리나라에 가장 필요한 것은 저마다 배우고 사람마다 가르치는 것이라 깨달았다. 감옥에 있는 죄수들을 보니 글을 아는 사람이 없고 또 그들의 생각이나 말이 모두 슬기롭지 못했다. 이 백성을 이대로 두고는 결코 나라의 부끄러움을 씻을 수도 없고 다른 나라와 겨루어 나갈 부강한 힘을 얻을 수도 없다. 이에 나는 내가 깨달은 바를 곧 실행하여서 내 목숨이 있는 날까지 같이 감옥에 있는 죄수들만이라도 가르쳐 보려 하였다.

14 사육신이나 삼학사처럼 당당하게 죽겠다.

교수형을 당하게 된 날인데도 어찌된 일인지 내 마음은 조금도 놀라지 아니하였다. 교수대에 오를 시간을 겨우 반날을 남겨 두고도 나는 음식이나 독서나 담화를 자연스럽게 하고 있었다. 그것은 아마 사육신들이 불에 달군 쇠로 고문을 받을 때에 "아 쇠가 식었으니 더 달구어 오너라." 한 것이며, 청나라에 잡혀갔던 삼학사들이 당당하게 목숨을 바친 이야기를 들은 영향이라고 생각한다.

죽는 순간까지 성현과 동행하겠다.

차차 시간은 흘러서 오후가 되고 저녁때가 되었다. 교수 대로 끌려 나갈 시각이 바싹바싹 다가오는 것이다. 나는 내 목숨이 끊어질 순간까지 성현의 말씀을 마음에 깊이 담아 두어 성현과 동행하리라 하고 몸을 단정히 하고 앉아서 대학을 읽었다. 그럭저럭 저녁밥이 들어왔다. 나는 뜻하지 아니했던 저녁 한 때를 이 세상에서 더 먹은 것이었다.

16 도끼를 메고 을사늑약을 반대하다.

　우리는 도끼를 메고 을사늑약을 반대하는 상소를 하였다. 1회, 2회로 너댓 명씩 함께 상소하여 죽든지 잡혀 갇히든지 몇 번이고 반복하자고 했다. 신민 대표로 제1회 상소하는 글은 이준이 짓고, 최재학이 대표가 되고, 그밖에 네 사람이 더하여 다섯 명이 상소를 하였다.

¹⁷ 일본 순사들과 맞서 싸우다.

우리는 도끼를 메고 을사늑약을 반대하는 1회 상소를 하던 다섯 지사가 잡혀가는 것을 보고 종로로 몰려가서 가두연설을 시작하였다. 거기도 일본 순사가 와서 칼을 빼들고 군중을 쫓으려 했다. 연설하던 청년 한 명이 달려들어 순사 한 명을 발길로 차서 거꾸러뜨렸더니 순사들은 총을 쏘았다. 우리는 기와 조각을 던지면서 일본 순사들과 맞붙어 싸웠다.

교육 사업에 힘을 쓰기로 하다.

우리 동지들은 전국으로 흩어져 교육 사업에 힘을 쓰기로 하였다. 지식이 하찮고 애국심이 얇은 국민들이 나라가 곧 자기 집이라는 것을 깨닫게 하기 전에는 아무것으로도 나라를 건질 수 없다는 것을 깨달은 것이었다. 그래서 나도 황해도로 가 교원이 되었다.

¹⁹ 자손의 스승을 존중하는 모습에 탄복하다.

나는 여기서 김효영 선생이 한 일을 아니 적을 수 없다. 선생은 젊어서 글을 읽더니 집이 가난함을 한탄하여 몸소 등짐을 지고 다니면서 부지런히 장사를 하여 부자가 되었다. 양산학교가 경영난에 빠졌을 때 벼 백 석을 기부하였다. 내가 양산학교 교사가 되었을 때 이미 칠십이 넘었다. 그런데도 며칠에 한 번씩 정해 놓고 문 앞에 와서,

"선생님 평안하시오?"

하고 문안을 하였다. 이렇게 자손의 스승을 존경하는 성의를 보이는 모습에 탄복하였다.

20 백성들이 교육자를 위해 만세를 부른다.

최광옥을 비롯한 교육가들이 함께 조직한 황해도 교육 총회 학무총감을 맡게 되었다. 황해도에 학교를 많이 세우고 그것을 잘 경영하도록 설명하고 돕는 것이 내가 할 일이었다. 나는 이 사명을 띠고 도내 각 군을 돌아다녔다. 배천군에 갔을 때 군민들이 나와서 기다리다가 내가 도착하자 군수가 먼저 "김구 선생 만세!"를 부르니 모두 만세를 부른다. 나는 깜짝 놀라 군수 입을 손으로 막으며 잘못이라고 말했다. 만세는 오직 황제를 위해 부르는 것이요 황태자도 천세라고밖에 못 부르는 것이 옛 법이기 때문이다. 군수는 웃으며 개화시대니 괜찮다고 하였다.

21 일하는 아이들을 가르치지 않는 주인을
   벌을 주었다.

    정봉훈은 아전으로 있으면서 해주 교육에 많은 힘을 썼
다. 해주에 학교를 세운 것도 그요, 해주 지역 상점에서 일
하는 아이들을 야학에 보내게 명령을 내리고, 만일 안 보
내면 주인을 벌주었다.

최광옥이 강단에서 피를 토하고 죽었다.

정봉훈은 최광옥을 모셔다 사범강습소를 설립하고 강연회를 각지에 열어 민중에게 애국심을 드높였다. 최광옥은 배천 읍내에서 강연을 하는 중에 강단에서 피를 토하고 죽었다.

부끄러움에 바늘방석에 누운 듯했다.

나를 묶어 천정에 달고 세 놈이 둘러서서 막대기로 수없이 내 몸을 후려갈겨서 나는 정신을 잃었다. 세 놈이 나를 끌어다가 유치장에 누일 때에는 벌써 훤하게 밝은 때였다. 어제 해 질 때에 시작한 고문이 오늘 해 뜰 때까지 계속된 것이다. 저놈들은 이미 먹은 나라를 삭히려는 일에 밤을 새거늘 나는 제 나라를 찾으려는 일로 몇 번이나 밤을 새웠던가? 스스로 돌아보니 부끄러움에 몸이 바늘방석에 누운 것과 같았다.

어머니 홀로 옥바라지를 하신다.

어머니는 내 옥바라지를 하시려고 서울로 올라오셨다. 어머님이 손수 담으신 밥그릇을 열어 밥을 떠먹으며 생각하니 이 밥에 어머님 눈물이 점점이 떨어졌을 것이었다. 십팔 년 전 해주에서의 옥바라지와 인천 옥바라지를 하실 때에는 아버지와 함께 고생을 나누기나 하셨건마는 이제는 어머님 홀로시다.

25 입에서 입으로 옮겨 먹이다.

나와 같은 감방에 이종록이라는 청년이 있는데, 따라온 식구가 없어 밥을 들여 줄 사람이 없었다. 내가 밥을 그와 한 방에서만 먹으면 그를 나눠 줄 수도 있겠지마는 개인 밥은 딴 방으로 불러내어서 먹이기 때문에 그리할 수가 없었다. 나는 밥과 반찬을 한 입 잔뜩 물고 방으로 돌아와서 제비가 새끼 먹이듯이 입에서 입으로 옮겨 먹였다.

* 이때는 감옥에서 밥을 안 주고 죄수 가족이나 친척이나 아는 사람들이 먹을 것을 날마다 갖다 주었다. 이를 옥바라지라고 했다.

씩씩하신 어머니한테 황송하였다.

내가 서대문 감옥에 갇히고 칠팔 개월 만에 어머님이 면회하러 오셨다. 딸깍하고 주먹 하나 드나들 만한 구멍이 열리기로 내다보니 어머니가 서 계시고 그 곁에는 일본 간수가 지키고 있다. 어머님은 태연한 얼굴로,

"나는 네가 경기감사나 한 것보담 더 기쁘게 생각한다. 면회는 한 사람밖에 못 한다고 해서 네 처와 화경이는 저 밖에 와 있다. 우리 세 식구는 잘 있으니 염려 말아라. 옥중에서 네 몸이나 잘 보중하여라. 밥이 부족하거든 하루 두 번씩 음식을 들여 주랴?"

하시는데 말소리 하나도 떨리심이 없었다. 저렇게 씩씩하신 어머니께서 자식을 왜놈에게 빼앗기시고 면회를 하겠다고 왜놈에게 고개를 숙이고 청원하셨을 것을 생각하니 황송하고도 분하였다.

---

* 감옥에 갇히고 몇 달이나 지나서 겨우 면회 허락을 받았으니 그동안 간수들한테 얼마나 부탁하고 사정하였을지 짐작이 가는 일이다.

일제 감옥제도는
　작은 죄인을 큰 죄인으로 만든다.

　일본 제국 감옥제도로는 사람을 작은 죄인으로부터 큰
죄인을 만들 뿐더러 사람의 자존심과 도덕심을 마비시키
게 된다. 보기를 들면 죄수들은 어디서 무엇을 도둑질하던
이야기, 누구를 어떻게 죽이던 이야기를 부끄러워함도 없
이 도리어 자랑 삼아서 하고 있다. 저 혼자만 아는 죄도 뻔
뻔스럽게 말하는 것을 보아도 그들이 감옥에 들어와서 부
끄러워하는 감정을 잃어버렸다는 표시다. 사람이 부끄러움
을 잃을진대 무슨 짓을 못 하랴. 짐승과 다름이 없을 것이
다. 감옥이란 이런 곳이어서는 안 되겠다고 생각하였다.

28 우리 민족이 감옥을 만든다면 대학교처럼 운영해야 한다.

우리 민족이 세운 나라에서 감옥을 운영한다면 일본 제국이 만든 감옥 운영을 모방하지 말고 독특한 제도로 만들 필요가 있다. 곧 감옥 간수부터 대학교수만 한 자격이 있는 사람을 쓰고, 죄인을 죄인으로 보는 것보다는 불행한 국민의 한 사람으로 보고, 착하게 교육하기에만 힘을 쓸 것이요, 사회에서도 감옥에 들어간 사람을 멸시하는 마음을 버리고 대학생 같은 자격으로 대우한다면 반드시 좋은 효과가 있으리라 믿는다.

도인권 동지를 생각한다.

나는 동지 도인권을 생각하지 아니할 수 없다. 그는 이번 신민회 105인 사건으로 십 년 징역을 받은 사람이다. 옥중에서는 죄수를 모아서 불상 앞에 예불을 시켰는데 도인권은 자기는 예수교인이니 우상 앞에 고개를 숙일 수 없다 하여 아무리 위협하여도 고개를 빳빳이 하고 있었다. 이것이 문제가 되어서 마침내 예불은 강제로 시키지 아니하기로 작정이 되었다. 또 옥에서 상표를 주는 것을 그는 거절하였다. 자기는 죄를 지은 일이 없으니 감옥에서 주는 상표를 받지 않겠다는 것이다. 또 가출옥으로 내보내려고 하니 도인권은 내가 본래 죄가 없으니 원래 판결을 취소하고 나가라 하면 나가겠지마는 가출옥이라는 말에서 "가(假)"라는 글자가 불쾌하니 안 받는다고 버티어서 감옥에서도 할 수 없이 형기를 채우고 내보냈다.

김구를
죽일 수 없다

나는 快諾하며 마음에 惶恐無量하나 때─곧 바 없도 쓰일 겸

하야 자네가 더 仕途에는 사내丈夫 肉体가 强敢할러이니 자네 아무지나 내

코는게 자네는 고뢰없게 生活 하려 하나 나는 또 불엇다 安進士와도 相議을

더한 말을 한즉 내가 安進士의 喜向을 집작하는바 天主學을 하여불

運가 있으면 左右에 遣反된 行動이니 安進士의게 對한 徒廣는 結

圖의 對한 問題는 딸을 마는 것이 조케고 安進士는 確實한 人材

結果 良好한 動機가 있을지 전이쁜 맞時에 相爭하여도 未晩인

이슴뿐할가 하노니 나는 可케 녀미르 빈客을 對應하는바이라

30 독립 정부가 생기면
그 뜰을 쓸어 보고 죽기를 빌다.

나는 감옥에서 뜰을 쓸고 유리창 닦을 때마다 하나님께 빌었다. "우리나라가 독립하여 정부가 생기거든 그 집의 뜰을 쓸고 유리창을 닦는 일을 하여 보고 죽게 하소서." 하고 빌었다.

³¹ 몸은 아파도 마음은 편하다.

    나는 아침이면 다른 죄수 한 명과 쇠사슬로 허리를 마주
매어 짝을 지어 공사장으로 나갔다. 흙을 담은 지게를 등
에 지고 높은 사닥다리를 오르내리는 것이다. 어깨는 붓고
등은 헐고 발은 부어서 움직이기도 힘들게 되었다. 그러나
벗어날 길은 없다. 나는 여러 번 무거운 짐을 진 채로 높은
사닥다리에서 떨어져 죽을 생각도 하였다. 그러나 나와 짝
을 진 사람까지 죽이는 것은 도리가 아니었다. 그래서 나는
조금도 편하고 싶은 잔꾀를 버리고 일하기에 아주 몸을 던
져 버리고 말았다. 그리하였더니 몸이 아프기는 마찬가지
라도 마음은 편안하였다.

오래간만에 가정을 이루었다.

　　대한민국 2년에 아내가 아들 인을 데리고 상해로 오고, 4년에 어머님이 또 오시니 오래간만에 재미있는 가정을 이루게 되었다. 그해에 신이 났다.

33 나석주가 생일을 차려 주었다.

민국 8년이었다. 하루는 나석주가 아침밥을 먹기 전에 고기와 반찬거리를 들고 우리 집에 왔다. 어머님을 보고 오늘이 내 생일이라서 자기 옷을 전당포에 맡기고 돈을 빌려서 생일 차릴 것을 사 왔노라 하였다. 이렇게 처음으로 영광스럽게 내 생일을 차려 먹은 일이 있다. 나석주는 나라를 위하여 동양척식회사에 폭탄을 던지고 제 손으로 저를 쏘아 충혼이 되었다. 나는 그가 차려 준 생일을 영구히 기념하기 위하여 또 어머님 회갑을 못 차려 드린 것이 황송하여 평생에 다시는 내 생일을 기념치 않기로 하고 이 글에도 내 생일 날짜를 쓰지 아니한다.

윤봉길, 이봉창 의거를 계획하다.

　　내가 젊어서 붓대를 던지고 국가와 민족을 위하여 제 힘
도 재주도 헤아리지 아니하고 성패도 영욕도 돌아봄이 없
이 분투하기 삼십여 년, 그리고 이름만이라도 대한민국 임
시정부를 지키기 십여 년에 이루어 놓은 일은 하나도 없이
내 나이는 육십을 바라보고 있었다. 이에 나는 침체된 독립
투쟁을 일으키고, 3·1독립 정신을 다시 떨치기 위하여 윤
봉길과 이봉창 폭탄 공격을 계획한 것이다.

대한민국 광복군을 조직하였다.

오늘날로 말하면 중국 땅에 있는 대한민국 각 당 각 파가 임시정부를 지지하고 옹호할 뿐더러 미국에 있는 동포들이 이 정부로 독립운동 자금을 보내 주고 있다. 또 외교로 보더라도 예전에는 중국, 소련, 미국의 정부 당국자가 비밀로 도움을 준 일은 있으나 공식으로는 없었다. 지금은 미국 대통령이 "한국은 장래에 완전한 자주독립국이 될 것이라."고 방송하였고, 중국에서도 공식 자리에서 "일본 제국주의를 박멸하는 좋은 방법은 중국이 대한민국 임시정부를 승인함에 있다."고 부르짖었으며, 또 대한민국 광복군을 정식으로 조직하여 이청천 총사령관이 서안에 사령부를 두고 군사 모집과 훈련과 작전을 세우고 있다.

날짐승 길짐승 물고기 밥이 되겠다.

만일 누가 어떤 모양으로 죽는 것이 네 소원이냐 한다면 나는 "최고 소원은 독립이 다 된 날 본국에 영광스럽게 들어가는 식을 한 뒤에 죽는 것이다." 그러나 적어도 미국에 있는 동포들을 만나 보고 오는 길에 비행기에서 죽어 내 시체를 던져 산에 떨어지면 날짐승 길짐승 밥이 되고 물에 떨어지면 물고기 밥이 되는 것이다.

김구를 죽일 수 없다.

한 번은 박 모라는 청년이 경무국장인 나를 만나고 싶다고 신청하였다. 그는 나를 만나자 곧 눈물을 흘리고 울면서 권총 한 자루와 수첩 하나를 내어놓았다. 자기는 얼마 전에 본국에서 상해로 왔는데 일본 영사관에서 그의 체격이 건장함을 보고 김구를 죽이라 하였다고 한다. 성공하면 돈도 많이 준다고 하면서 혹시 실패하여 그가 죽는 경우에는 그의 가족에게 좋은 토지를 주어 편안히 살도록 해주겠다고 하였다. 그러나 만일 그 말을 따르지 않으면 그를 '불령선인'으로 보고 벌을 주겠다고 하였다. 할 수 없이 그러겠다고 하고 무기를 품고 프랑스 조계에 들어와 길에서 나를 보기는 하였으나 독립을 위하여 애쓰는 사람을 자기도 대한 사람이면서 어찌 해칠 수 있겠냐는 마음이 생겨서 그 권총과 수첩을 내게 바치고 자기는 먼 지방으로 달아나서 장사나 하겠다고 했다.

38 대한민국 임시정부 주석이 되다.

내가 국무령으로 취임하였다. 나는 한 사람에게 책임을 지우는 국무령제를 폐지하고 국무위원제로 개정하는 안을 내어 의정원에서 동의를 받았다. 그래서 나는 국무위원의 주석이 되었다. 주석은 다만 회의를 진행하는 주석이 될 뿐이요, 모든 국무위원은 권리에나 책임에나 평등이었다. 그리고 주석은 위원들이 돌아가면서 할 수 있는 것이므로 매우 편리하였다. 이렇게 하여 정부는 자리가 잡혔으나 돈이 없어 정부 이름을 지키는 길도 어려웠다. 정부 집세를 낼 힘이 없어서 집주인에게 여러 번 송사를 겪었다.

39 밥은 돌아다니며 얻어먹었다.

임시정부 국무위원들은 거의 다 식구들이 있었으나 나는 아이들 둘도 다 본국 어머님께로 돌려보낸 뒤라 홀몸이었다. 그래서 나는 임시정부 청사에서 자고 밥은 이 집 저 집 동포들 집을 돌아다니면서 얻어먹었다. 동포들 직업은 전차회사 차표 검사원이 제일 많아서 칠십 명가량 되었다. 다들 내 처지를 잘 알기에 누구나 내게 미움 밥은 아니 주었다고 믿는다. 많은 동포들이 나를 진정으로 생각해 주었다.

40 이름 없는 무덤이 눈앞에 아른거린다.

　엄항섭 군은 프랑스 공무국에서 받은 월급으로 이동녕이나 나 같은 어려운 독립운동가를 먹여 살렸다. 그의 아내인 임 씨는 내가 그 집에 갔다가 나올 때면 대문 밖에 따라 나와서 돈을 조금씩 내 손에 쥐어 주며, "애기 사탕이나 사 주세요." 하였다. 아기라 함은 내 둘째 아들 신을 가리킨 것이다. 그는 남편이 존경하는 늙은이라고 내게 그렇게 잘해 주었다. 그는 첫딸을 낳고 가엾이 세상을 떠나서 공동묘지에 묻혔다. 나는 그 이름도 없이 묻힌 무덤을 볼 때마다 나라도 묘비 하나는 세워 주고 싶었다. 오늘날도 노가만 공동묘지 임 씨 무덤이 눈에 아른거린다.

이봉창을 만나다.

하루는 어떤 청년 한 사람이 나를 찾아왔다. 그는 이봉
창이라 하였다. 그는 말하기를 자기는 일본서 노동을 하고
있었는데 독립운동에 참여하고 싶어서 왔으니 자기와 같
은 노동자도 노동을 해 먹으면서 독립운동을 할 수 있는가
하였다. 그는 우리말과 일본 말을 섞어 쓰고 임시정부를 가
정부라고 왜놈들처럼 부르므로 나는 특별히 조사할 필요
가 있다고 생각하고, 그 청년더러는 이미 날이 저물었으니
또 만나자 하였다.

42 이봉창이 일본 왕을 죽일 수 있다고 한다.

며칠 후였다. 하루는 내가 사무실에 있노라니 부엌에서 술 먹고 떠드는 소리가 들리는데 이봉창이 이런 소리를 하였다.

"당신네들은 독립운동을 한다면서 왜 일본 천황을 안 죽여요?"

이 말에 어떤 사람이,

"장관이나 장군 하나도 죽이기가 어려운데 천황을 어떻게 죽여요?"

하니, 이봉창은,

"내가 작년에 천황이 능으로 가는 것을 길가에 엎드려 보았는데, 그때에 나는 내가 지금 내 손에 폭탄 한 개만 있었으면 천황을 죽이겠다고 생각하였소."

하였다.

이봉창한테 폭탄을 만들어 주기로 하다.

"제 나이가 이제 서른한 살입니다. 지금까지 삼십일 년 동안에 인생의 즐거움이란 것을 대강 맛보았습니다. 이제부터는 영원한 기쁨을 위해서 독립운동에 몸을 바칠 목적으로 상해에 왔습니다."

이봉창 말에 내 눈에는 눈물이 찼다.

이봉창 선생은 공손한 태도로 내게 나라를 위해 몸을 바칠 수 있는 길을 만들어 달라고 했다. 나는 일 년 안에 그가 일을 할 수 있도록 준비해 주겠다고 했다. 다만 임시정부에 돈이 없어 그동안 생활비를 대 줄 길이 없으니 그동안은 어떻게 하겠는가 물었다. 그는 자기는 철공을 배운 재주가 있고, 또 일본어를 잘하여 일본에서도 일본 사람으로 행세하였다고 했다. 또 일본 사람 양아들로 들어가 이름도 목하창장(木下昌藏)이라는 일본식 이름을 갖고 있다고 했다. 상해에 올 때도 그 이름을 썼으니 자기는 일본 사람으로 행세하면서 철공 공장에 취직해 생활비를 벌어 살

면서 언제까지나 내가 준비해 줄 때까지 기다리겠다고 하
였다.

이봉창 때문에 국무위원들한테
    꾸지람을 듣다.

    그 뒤로 그는 종종 술과 음식을 사 가지고 와서 사람들
과 놀고, 술이 취하면 일본 소리를 잘하므로 '일본 경감'이
라는 별명을 얻었다. 어느 날은 일본 옷인 하오리에 일본
신발인 게다를 신고 임시정부 문으로 들어서다가 문지기
한테 쫓겨난 일도 있었다. 그래서 나는 이동녕 선생과 다른
국무위원들한테 한국 사람인지 일본 사람인지 알기 어려
운 사람을 정부 청사에 드나들게 한다고 꾸지람을 들었다.
그때마다 조사하는 일이 있어서 그런다고 변명하였다.

이봉창에게 줄 폭탄과 돈을 마련하였다.

　이봉창과 약속한 일 년이 거의 다 가서야 미국 동포들한
테 부탁한 돈이 왔다. 폭탄 한 개는 독립운동 비밀요원인
왕웅한테 시켜서 상해 중국군 병기공창에서, 한 개는 김현
을 중국 하남성까지 보내서 유치한테서 받아 온 것이다. 둘
다 수류탄이다. 한 개는 일본 왕을 죽이는 데 쓸 것이고, 한
개는 이봉창 의사 자살용이었다. 이제는 폭탄도 돈도 다 준
비가 되었다.

* 왕웅, 김현, 유치는 대한민국 임시정부 비밀요원들이다.

46 저를 믿어 주셔서 고맙습니다.

이봉창과 중흥여관에서 마지막 한 밤을 둘이 함께 잤다. 그때에 이봉창은 이런 말을 하였다.

"며칠 전에 선생님이 내게 돈뭉치를 주실 때에 나는 눈물이 났습니다. 나를 어떤 놈으로 믿으시고 이렇게 큰돈을 내게 주시나. 내가 이 돈을 떼어먹기로 하고 도망가면, 프랑스 조계 밖으로는 한 걸음도 못 나오시는 선생님이 나를 어찌할 수 있겠습니까. 나는 평생에 이처럼 믿음을 받아 본 일이 없습니다. 이것이 처음이요 또 마지막입니다. 정말 선생님은 마음이 넓고 생각이 깊으십니다."

이봉창이 웃으며 사진을 찍다.

나는 이봉창을 데리고 안공근 집으로 가서 선서식을 했다. 폭탄 두 개를 주고 다시 그에게 돈 삼백 원을 주면서 "이 돈으로 모두 동경까지 가는 데 쓰고, 동경 가서 전보만 하면 곧 돈을 더 보내겠다."고 말하였다. 기념사진을 찍을 때에 내 낯에 애달픈 빛이 있던 모양이다. 이봉창이 나를 돌아보며

"제가 영원한 기쁨을 얻으러 가는 길이니 우리 기쁜 낯으로 사진을 찍읍시다."

하고 얼굴에 빙그레 웃었다. 나도 그를 따라 싱긋이 웃으면서 찍었다.

48 암살과 파괴를 위한 비밀공작을 하기로 하다.

당시 만보산 사건이나 만주 사변 같은 것으로 우리 한국인에 대하여 중국인이 아주 나쁜 감정을 갖고 있었다. 독립운동에 대한 국내외 관심도 약해지고 있었다. 이를 뚫고 나갈 새로운 길이 필요했다. 그래서 우리 임시정부에서 회의한 결과 한인애국단을 조직하여 암살과 파괴를 위한 비밀공작을 하기로 했다. 비밀이 생명이므로 돈이나 사람이나 내가 맡아서 하고 그 결과만 정부에 보고하라는 권한을 받았다.

윤봉길이 목숨 바칠 기회를 달라고 하다.

윤봉길은 자기가 상해에 온 까닭이 독립을 위해 목숨을 바치고자 함이었다. 채소를 지고 홍구공원 방면으로 돌아다닌 까닭도 목숨을 바칠 기회를 노리기 위해서였다. 그러나 아무리 보아도 죽을 자리를 구하기가 어려우니 이봉창 의거와 같은 계획이 또 있거든 자기를 써 달라고 했다. 나는 그에게 나라를 위하여 목숨을 버리려는 큰 뜻이 있는 것을 보고 기꺼이 이렇게 대답하였다.

"내가 마침 그대와 같은 인물을 구하던 중이니 안심하시오."

하면서 계획을 말하니

"할랍니다. 이제부터는 마음이 편안합니다. 준비해 주십시오."

라고 대뜸 대답하였다.

50 선생님, 아기 좀 봐 주세요.

나는 오랜 상해 생활에 동포들과 다 친하게 되어 어느 집에를 가나 식구처럼 대해 주었다. 더구나 이봉창 의거 뒤로는 더욱 그리하여서 부인네들도 나와 허물없이 지냈다.

"선생님, 아이 좀 보아 주세요."

하고 우는 젖먹이를 내게 안겨 놓고 제 일을 하였다. 내게 오면 울던 아이도 울음을 그치고 잘 논다는 소문이 났다.

암살에도 법도가 있다.

거사 하루 전 날 윤봉길이 홍구공원에 갔다가 오더니

"오늘 백천이 놈도 식장 설치하는데 왔어요. 바로 내 곁에 와 서 있었어요. 내게 폭탄만 있었다면 그때에 해 버리는 겐데."

하면서 아까워하였다. 나는 바로 엄하게 꾸짖었다.

"그것이 무슨 말이요? 포수가 사냥을 할 때도 앉은 새와 자는 짐승은 아니 쏜다는 것이요. 날려 놓고 쏘고 달려 놓고 쏘는 것이에요. 윤 군이 그런 소리를 하는 것을 보니 내일 일에 자신이 없나 보구려."

윤봉길은 내 말에 부끄러운 듯이,

"아니오. 그 놈이 내 곁에 있는 것을 보니 불현듯 그런 생각이 나더란 말입니다. 내일 일에 왜 자신이 없어요. 자신 있습니다."

하였다.

윤봉길이 돈을 주고 떠나다.

　윤봉길은 자기 시계를 꺼내어 내게 주며, "이 시계는 어제 선서식 후에 선생님 말씀대로 육 원을 주고 산 시계인데 선생님 시계는 이 원짜리니 바꿉시다. 제 시계는 앞으로 한 시간밖에는 쓸데가 없으니까요."

　또 돈을 꺼내어 내게 주면서 "택시값 주고도 오륙 원은 남아요." 하는데 택시가 움직였다. 나는 목이 메인 소리로, "나중에 지하에서 만납시다." 하였더니 윤 군은 차창으로 고개를 내밀며 나를 향하여 숙였다. 택시는 크게 소리를 지르며 천하 영웅 윤봉길을 싣고 홍구공원으로 달렸다.

내가 책임자라고 발표하다.

이봉창과 윤봉길 의거를 도운 독립운동가를 잡으려는 왜경들 손길이 날마다 드세지니 동포들이 편하게 살 수가 없었다. 또 애매한 동포들이 잡힐 우려가 있으므로 나는 이봉창과 윤봉길 의거 책임자가 나 김구라는 성명서를 발표하였다. 엄항섭이 성명서를 쓰고 피취 부인에게 번역을 부탁하여 통신사로 보냈다. 이리하여 일본 왕에게 폭탄을 던진 이봉창 의거나, 상해 홍구공원에서 일본군 장군을 죽인 윤봉길 의거 책임자가 김구라는 것이 온 세계에 알려진 것이다.

54 주 씨 부인 도움으로 몸을 숨기다.

나를 잡으려는 왜경을 피해 중국인 주 씨 부인과 함께 기차로 노리언까지 가서 거기서부터는 서남으로 산길 오륙 리를 걸어 올라갔다. 주 씨 부인이 굽이 높은 구두를 신고 연방 손수건으로 땀을 씻으며 칠팔월 불타는 햇살에 고개를 걸어 넘어가는 광경을 영화로 찍어 만대 후손에게 전하고 싶은 마음이 간절하였다. 대한민국이 독립된다면 그 정성과 친절을 내 자손이나 우리 동포 누군가 감사하지 아니하랴. 영화로는 못 찍어도 글로라도 전하려고 이것을 쓰는 바이다.

55 주자학이 민족을 망치다.

중국에서 들여온 주자학을 주자 이상으로 발달시킨 결과는 빈손으로 가만히 앉아서 손가락 하나 안 놀리고 주둥이만 까게 하여서 우리 민족이 타고난 힘을 점점 줄어들게 하다가 끝내 다 없어지게 하고 남는 것은 좁고 너그럽지 못한 마음으로 갈라져 싸우기를 일삼고 남에게 의지하려는 마음뿐이다.

⁵⁶ 자기를 잊지 말아야 한다.

오늘날 일부 청년들이 제정신을 잃고 러시아를 조국으로 삼고 레닌을 아버지로 삼아서 어제까지 사회주의혁명을 한다고 떠들던 자들이 레닌의 말 한마디에 돌연히 민족혁명을 들고 나오지 않는가. 주자라면 방귀까지 향기롭게 여기던 생각이 낡고 고집만 센 쓸모없는 유학자들 모양으로 레닌의 똥까지 달다고 하는 청년들을 보게 되니 한심한 일이다. 나는 반드시 주자를 옳다고도 아니하고 마르크스를 그르다고도 아니한다. 내가 청년 제군에게 바라는 것은 자기를 잊지 말란 말이다. 우리 역사가 꿈꾸는 이상, 우리 민족의 타고난 성품, 우리 환경에 맞는 나라를 생각하라는 것이다. 밤낮 저를 잃고 남만 높이면서 그 발뒤꿈치나 따르는 것을 대단하게 여기지 말라는 것이다. 제 뇌로 제정신으로 생각하란 말이다.

이제 회초리로 때리지 않겠다.

어머님이 상해 안공근 집을 거쳐 가흥 엄항섭 집에 오셨다는 기별을 남경에서 듣고 나는 곧 가흥으로 달려가서 구 년 만에 모자가 다시 만났다. 나를 보시자마자 어머님은 이러한 뜻밖의 말씀을 하셨다.

"나는 이제부터 너라고 아니하고 자네라고 하겠네. 또 말로 꾸짖더라도 회초리로 자네를 때리지는 않겠네. 자네 가 군관학교를 설립하고 청년들을 교육한다고 들었기 때문 이네. 남을 가르치는 교육자가 된 모양이니 그 체면을 보아 주자는 것일세."

58 어머니가 권총 두 자루를 사 주시다.

어머님이 남경에 계실 때 일이다. 청년단과 늙은 동지들
이 어머님 생신 잔치를 하려고 했다. 어머니가 이걸 눈치
채시고 그 돈을 돈으로 달라고 하셨다. 그러면 당신이 자
시고 싶은 음식을 만들겠다고 하시므로 뜻을 모으던 사람
들이 어머님 부탁대로 모아 놓은 돈을 드렸다. 어머님은 그
돈으로 권총 두 자루를 사서 독립운동에 쓰라 하고 내어놓
으셨다.

총알이 핏줄을 타고 옮겨 다니다.

    하루는 갑자기 속이 불편하고 구역이 나며 오른쪽 다리가 굳어서 병원에 가서 진찰을 받았다. 엑스광선으로 찍어 본 결과 심장 옆에 박혀 있던 탄환이 핏줄을 통하여 오른쪽 갈빗대 옆에 옮아 가 있다고 했다. 불편하면 수술해야 하나 그대로 두어도 생명에는 관계가 없다 하였다. 또 말하기를 오른편 다리가 굳는 까닭은 탄환이 굵은 핏줄을 누르기 때문인데 실핏줄이 커져서 차차 눌린 굵은 핏줄을 대신하면 다리도 나을 거라고 했다.

대한민국 광복군을 창설하였다.

　임시정부에서는 이청천 장군을 광복군 총사령관으로 임
명하고, 미국 동포들이 보내어 준 돈으로 중경에서 한국광
복군 결성식을 했다. 그리고 삼십여 명 간부를 서안으로 보
내어 미리 가 있던 조성환과 함께 한국광복군 사령부를 만
들었다. 이범석을 제일 지대장으로 하여 산서 방면으로 보
내고, 고운기를 제이 지대장으로 하여 수원 방면으로 보내
고, 김학규를 제삼 지대장으로 하여 산동으로 보내고, 나
월환을 비롯한 한국청년 전지공작대를 광복군으로 편입시
켜서 제오 지대로 삼았다.

61 일본군에 끌려갔던 우리 학생들이 도망쳐 왔다.

청년 오십여 명이 가슴에 태극기를 붙이고 중경에 있는 임시정부 청사로 애국가를 부르며 들어왔다. 이들은 우리 대학생들이 일본 군대에 학병으로 끌려왔다가 도망쳐서 광복군 제삼 지대를 찾아온 것을 지대장 김학규가 중경으로 보낸 것이다. 이를 본 중국인들이 큰 감동을 받아 중한 문화협회 식당에서 환영회를 열었다. 서양 여러 나라 대사관 직원과 통신기자들이 와서 우리 청년들에게 여러 가지 질문을 하였다. 어려서부터 일본 교육을 받아 우리말도 잘 모르는 그들이 조국 독립을 위하여 목숨을 바치려고 임시정부를 찾아왔다는 말에 우리 동포들은 목이 메었거니와 외국인들도 놀라워했다.

세 분 유골을 모셔 오다.

나는 일본 동경에 있는 박열 동지에게 부탁하여 윤봉길, 이봉창, 백정기 세 분 유골을 모셔 오게 하였다. 유골이 부산에 도착하는 날 나는 특별 열차로 부산까지 갔다. 부산은 말할 것도 없고 세 분 유골을 모신 열차가 정거하는 역마다 사람들이 모여 맞이하였다. 서울에 도착하여 태고사에 모셔서 국민들 참배 기간을 준 다음에 효창원으로 모셨다. 제일 위에 안중근 의사 유골을 찾아오면 모실 자리를 마련해 두고, 세 분 무덤을 차례로 만들어 모셨다.

조국 해방을 위해 많은 노력이 있었다.

한 나라 흥망과 한 민족의 성쇠가 결코 그냥 되는 것이 아니다. 우리나라가 망하면서 당한 치욕이 많았다면 오늘날 조국이 해방되는 데도 뼈를 깎는 어려움을 견디고 이겨 내며 온몸과 마음을 다 바치는 많은 노력이 있었다는 건 어린아이들도 다 알 수 있을 것이다.

안중근 의사(왼쪽), 윤봉길 의사와 백범(오른쪽)

백정기 의사(왼쪽), 이봉창 의사(오른쪽)

白凡
03

좌우가
함께 살기 위해
노력해야 한다

이 뜻을 띄어도 死刑을 □□되 벗겨 다른 사□理罢□에 온
宦生□마□오는 金港口에 두二當고 돌이 □急德□□한다
는데 港內 無戶에 벗 사람 식이 든 地形勢 □□ 角峴山 金昌洙 □□□
□錢□ 가備하여 가지고 □면 그 모인 돈이 金昌洙 個의 몸값이 □
□ 當□라 昌洙을 실녀다려 까지 □든 □□ 있□ 좃□은 天喜으
□□에서 □命이 겁설텨이니 아모념녀 마시고 게시오 하고 나 간다 霜雪□
는 듯이 밤에 微門 연니는 쓰리를 드리며 열 다□圓 들이 □돗
□조하 죽을 지경에 다 신골 밤맹이로 차고 등을 두드리며 온갓 노래
□리셔 □가 春□로 츠레 □선□ 짓소하는 것이 맞이 書齋 俳優 人 演戱

치밀한 분석과 명확한 판단으로
용기 있게 해야 한다.

우리가 우리 조국의 독립을 완성하는 길에는 우리가 하
는 한 마디 한 마디와 행동 하나하나가 모두 다 영향을 준
다. 이것을 분명하게 깨닫고 모든 일을 할 때에 먼저 치밀하
게 분석하여 명확한 판단을 내리고, 명확한 판단을 바탕으
로 용기 있게 처리하여야 한다.

65 독립투사와 연합국 용사들에게 조의를 표하다.

나는 먼저 경건한 마음으로 우리 조국의 독립을 이루기
위한 싸움에서 희생하신 유명무명의 무수한 선열과, 아울
러 우리 조국 해방을 위하여 피를 흘린 허다한 연합국 용
사들에게 조의를 표한다.

통일과 독립을 위해 불속이라도 들어가겠다.

나와 나의 동지는 오직 통일된 자주·민주 독립 국가를
완수하기 위하여 여생을 바칠 결심을 가지고 귀국하였다.
여러분은 조금도 가림 없이 심부름을 시켜 주시기 간절히
바란다. 조국 통일과 독립을 위하여 유익한 일이라면 불속
이나 물속이라도 들어가겠다.

67 청년 시기에 가치관을 높일 수 있어야 한다.

어느 국가이고 사회이고 또 개인이고 간에 그 청년 시기에 자라면서 갖게 된 가치관 여부가 마지막까지 성패를 가름한다고 할 수 있다.

68 청년들을 소중히 알고 사랑해야 한다.

나는 아무것도 가진 게 없고 학력도 없는 사람이나 항상 나는 청년들을 소중히 알고 사랑하여 왔다.

⁶⁹ 죽는 날까지 청년들을 돕겠다.

앞으로 목숨이 붙어 있는 날까지 청년들을 돕고 청년들을 지팡이 삼아 남은 생을 민주 국가를 세우는 일에 바치겠다.

대한민국 임시정부는
3·1대혁명 정신을 계승하였다.

　　우리 대한민국 임시정부는 과거 27년 동안 3·1대혁명 정신을 계승하여 전 민족 총 단결과 민주주의 원칙을 한결같이 지켜 왔다. 다시 말하면 우리 임시정부는 결코 어떤 한 가지 계급이나 어떤 한 무리를 대표하는 정부가 아니라 전 민족, 각 계급, 각 당파가 함께하기 위한 민주 단결로 지켰던 정부였다.

＊ 대한민국 27년. 1945년

71   해방은 우리 독립투사와 연합국 전사들이 흘린
      피와 땀의 대가다.

   현재 반파시즘 세계대전에서 연합군이 승리한 결과로
우리 국토와 인민은 해방되었다. 그러나 이 해방은 무수한
민주 연합국 인민과 전사들이 흘린 소중한 피와 땀의 대가
로 된 것이며, 또 나라가 망하고 수십 년 동안 헤아릴 수 없
을 정도로 많은 우리 민족 독립투사들 희생으로 흘린 피와
땀의 대가로 된 것임을 잊어서는 아니 된다.

3·1대혁명 정신을 이어 나가야 한다.

지금 우리는 국토와 인민이 해방된 이 기초 위에서 우리의 독립 주권을 창조하는 것이 무엇보다도 긴급하고 중대한 임무이다. 이 임무를 달성하자면 오직 3·1대혁명의 민주 단결 정신을 계속 떨쳐 일어나게 해야 한다. 남북 동포가 단결해야 하고, 좌파와 우파가 단결해야 하고, 남녀노소가 단결해야 한다.

자주와 평등과 행복한 새 한국을 건설해야 한다.

우리나라가 완전한 독립을 해야 할 때는 바로 이때이다. 우리 동포들은 3·1대혁명이 보여 준 온 민족 총 단결, 총 궐기 정신으로 다시 일어나 독립 주권을 찾고, 자주와 평등과 행복한 새 한국을 건설하자.

이론보다 실천이 중요하다.

아무리 아름다운 이론이라도 실천하다 국민을 도탄으로 밀어 넣는다면 그것은 회복할 수 없는 중대한 잘못이다.

75 좋은 나라를 세우는 큰일을 끝까지 하겠다.

나는 비록 재주와 덕이 부족하나 이처럼 크게 중요한 때에 스스로 편하게 있을 수 없으므로 온몸과 마음을 다하려고 한다. 이 일을 옳다고 하는 사람도 있고, 그르다고 하는 사람도 있고, 칭찬하는 사람도 있고, 훼방하는 사람도 있지만 끝까지 좋은 나라를 세우는 큰일을 힘껏 밀고 끝까지 나가려 한다.

76 좌우 모두 함께 살아남는 세상을 만들어야 한다.

내 가슴속에는 좌익이니 우익이니 하는 것은 생각조차 하지 않는다. 오직 조국의 독립과 동포의 행복을 위하여 있는 힘을 다할 것이며, 한 발 앞으로 나가 우리 동포가 세계 인류와 함께 정신문화와 물질문명의 번영으로 좌익과 우익 양쪽 모두가 같이 살아남는 세상을 위하여 깜깜한 밤길에 찬바람 헤치며 나갈 뿐이다.

압박과 착취가 없는 새 나라를 만들자.

　인류 오천 년 역사를 통하여 봉건국가에서 압박과 착취로 시달려 온 우리다. 그런데 누가 또다시 압박과 착취를 하는 집단체제인 제국주의와 자본주의를 좋다고 노래할 것인가? 조국의 완전한 독립과 동포의 진정한 자유를 위하여서는 온 겨레가 한 마음 한 길로 힘껏 나갈 뿐이다.

78 자주독립을 위해 투쟁할 뿐이다.

우리 민족이 꼭 이루고 싶은 것은 오직 독립과 해방이다. 어느 나라 식민지가 되거나 어느 나라 연방에 속하는 것을 바라지 않는다. 나는 반만년 역사의 존엄을 자랑스럽게 여기며, 모든 민중의 기대에 따르고, 광복을 위하여 의롭게 왜적과 맞서 싸우다 돌아가신 열사들이 남긴 뜻을 받들어 조국의 자주독립을 이루기 위해 투쟁할 뿐이다.

79 평생 지켜 온 뜻을 버릴 수 없다.

내가 일찍이 조국 광복을 위하여 다른 나라 땅에서 바람에 날리는 티끌처럼, 이리저리 굴러다니는 돌맹이처럼 수만 리를 돌아다녔다. 사방으로 몹시 바쁘게 떠돌아다닌 지가 어느새 30여 년이요, 내 나이 70을 넘어서고 있다. 오늘 아침에 죽을지 내일 저녁에 죽을지 모르는 내가 어찌 민족이 함께 살기를 바라는 수많은 민중의 희망을 저버리고 스스로 평생을 지켜 온 뜻을 버릴 수 있겠는가?

80 독립은 오직 자기 힘으로 하는 것이다.

독립은 다른 사람 힘에 기대서 되는 것이 아니다. 오직 자기 힘으로 자주성을 갖춘 독립이라야 비로소 민족이 편안하고 나라가 영원히 번영할 수 있는 길을 다시 찾아올 수 있을 것이다.

81 부모형제일지라도 독립을 방해한다면
물러서지 말아야 한다.

옳고 바른 길에 어긋나는 것은 깨끗이 버리고 힘을 모아 독립을 완성하는 일에 온 힘을 다해야 한다. 만일 부모형제일지라도 독립을 방해하는 바 있다면 단연코 한마디도 물러서지 않아야 한다. 나아가 있는 피를 마음껏 쏟아서 독립 전선에 돌진하여야 할 것이며, 서슴지 않고 정의로운 칼을 빼 들어야 할 것이다.

정당한 방법으로 자주 정부를 세워야 한다.

속담에 이르기를 아무리 바빠도 바늘허리에 실을 매서는 안 된다 하였다. 우리 동포들은 아무쪼록 가볍게 생각하고 움직여 민중을 선동하지 말고 정당한 수단과 방법으로 자주 정부를 세우기 위하여 함께 싸우기를 바란다. 그래야만 겉과 속이 딱 맞는 자주 정부도 세울 수 있을 것이다.

83 민족 통일은 자주독립 정부를 세우기 위함이다.

좌우가 만나서 같이 일하자는 목적은 민족 통일에 있고, 민족이 통일해야 하는 까닭은 자주독립 정부를 세우기 위함이다. 그러므로 나는 좌우가 서로를 인정하고 협력하는 사업 성공을 위하는 일이라면 끝까지 지지하고 도울 것이다. 앞으로도 이 길을 계속 갈 것이다.

84 좌우가 함께 살기 위해 노력해야 한다.

나는 좌우가 서로 협력하는 것이 우리 민족이 통일하는 길이라고 말하고 싶다. 이 통일이 없이 독립을 빨리 이룰 수 있는 더 좋은 길을 찾을 수 없을 것이다. 그러므로 실패에 실패를 거듭하더라도 성공할 때까지 좌우가 함께 살기 위해 노력하는 것이 마땅하다.

혁명을 성공시키려면 우리 마음부터
혁명을 해야 한다.

우리가 혁명을 완전히 성공하려면 반드시 먼저 마음을
혁명해야 한다. 완전한 독립과 자유로운 번영을 위한 새 나
라를 건설하려는 우리가 먼저 새로운 마음을 건설하지 않
으면 안 되겠다.

86 지난 잘못을 깨끗이 씻어 내야 한다.

　스스로 자신을 먼저 업신여기고 모욕한 뒤에 다른 사람이 모욕하고 조롱한다고 하였다. 지난 잘못을 깨끗이 씻어 내지 않고 앞으로 계획도 없이 바쁘기만 하다면 그것은 헛된 고생만 하고 공을 들인 보람도 없을 뿐만 아니라 도리어 남한테 멸시만 더 받을 뿐이다.

눈물만으로는 우리 민족을 구할 수 없다.

세계 정치 변화가 험난하여 밖으로는 국제 관계에서 별로 나아진 것이 없고, 안으로는 인민이 도탄에 빠져 고통받고 있다. 가슴을 부둥켜안고 통곡을 한들 나아질 것이 없으니 늙은이 눈에서 뜨거운 눈물이 끝없이 쏟아져 내림을 멈출 수 없다. 그러나 눈물만으로는 우리를 구할 수는 없을 것이다. 오직 과거를 엄격하고 바르게 비판하여서 온 민족이 같은 마음으로 올바른 앞길을 열어 나가기 위해 함께 있는 힘을 다해야만 우리 민족이 살아남아 발전할 수 있을 것이다.

88 민족 통일을 위해 좌우가 협력해야 한다.

우리는 민족 통일을 바라기 때문에 좌우가 협력할 필요로 하는 것이다. 우리가 자립하기 위해 민족 내부 통일이 절대 필요하다. 오늘 우리는 정치 이념이 서로 다른 두 나라에게 국토를 나뉘어 점령을 당해 있다. 따라서 우리 민족의 독립과 자유를 찾기 위해서는 더욱 좌우가 서로 힘을 모아야 한다.

89 우리 생존은 자주독립을 해야만 구할 수 있다.

우리 생존은 자주독립을 해야만 구할 수 있다. "자유가 아니면 죽음을 달라."는 말이 있다. 그러므로 필리핀, 미얀마, 베트남, 인도네시아, 인도……. 모두 독립을 위하여 투쟁하고 있다.

먼저 두드려야 문이 열린다.

  사형선고를 받은 죄인도 다시 재판 받을 자유가 있는데,
우리를 돕겠다는 사람들이 우리 독립을 위하여 정하였다
는 방법이 우리가 바라는 길이 아닐진대 그들을 이해시키
기 위하여 호소도 하며 반대도 하지 못할 까닭이 없다. 하
물며 당사자인 우리는 알지도 못하게 자기네끼리 정한 것
이니 그들도 양심이 있다면 우리를 동정할 것이다. 구하는
자에게 복이 오고 두드리는 자에게 문이 열리나니 우리는
가장 냉정하고 평화로운 수단으로 정치와 진리에 호소하여
신탁통치를 반대하자.

이 얼마나 모순되는 일인가?

세계 2차 대전이 끝난 지도 벌써 18개월, 세계는 영구한 평화를 만들기 위하여 노력하고 있는 이때, 정작 우리나라 에서는 우리 적이었던 일본 제국을 적으로 하던 두 나라, 우리와 서로 돕기로 약속했던 두 나라 군대가 자기들 마음대로 나눠서 점령을 하고 있다. 이 얼마나 모순되는 일인가?

미국 군대와 소련 군대 주둔 자체가
한국에 불행을 가져올 수 있다.

한국이 일본과 독일처럼 세계 평화에 위협을 준다는 것은 누구도 믿을 수 없는 것이다. 따라서 분단 문제는 우리한테 있지 아니한 것이 분명하다. 그러면 외국 군대 주둔 자체가 도리어 평화에 위협을 줄 것밖에는 없다. 만일 이것을 부정하고 계속 주둔시킨다면 이 때문에 생기는 결과로 말미암아 한국에는 상상하기도 어려운 불행을 가져올 가능성이 있다. 이런 불행은 우리에게 독립을 약속한 우방도 원하는 바가 아닐 것이다. 그러므로 우리가 미·소 두 나라 군대 철수를 주장하는 것은 한국 독립만을 위하는 것이 아니요, 실로 세계 평화 건설을 위해서도 큰 공헌이 있는 것이다.

우리는 세계 모든 나라와 사이좋게 지내야 한다.

한국도 국제사회와 밀접하게 연결되어 있기 때문에 국제 관계를 떠나서 존재할 수 없다. 국제사회도 지금 한국 상황을 무시하고는 세계 평화를 유지할 수 없는 것이다. 과거 유명한 정치가는 말하기를 국제사회에서는 영원한 벗도 없고 영원한 적도 없다고 하였지만 우리가 앞으로 영구한 평화를 만들려면 서로 영원한 벗이 되어야만 그 목적을 이룰 수 있는 것이다. 그러므로 지금도 우리는 우리와 서로 좋은 관계를 맺고 싶어 하는 모든 나라에 대하여 똑같이 사이좋게 지내려 할 뿐이다.

국제사회에서 우리를 불평등하게
대우하는 것을 거절한다.

우리는 우리를 불평등하게 대우하는 것은 절대로 거절
할 것이다. 우리는 국제사회에서 평등한 대우를 받을 때까
지 계속 투쟁할 것이다. 그러나 우리가 완전히 절망하지 아
니할 때까지는 우리 투쟁은 평화적으로 이성에 따라 지혜
롭게 온 겨레가 함께 나서야 한다. 평화적이어야 널리 이해
와 도움을 받을 수 있을 것이며, 이성에 따라 지혜롭게 해
야 허술하지 않고 단단한 계획을 마련할 수 있으며, 온 겨
레가 힘을 모아야 큰 힘을 낼 수 있는 것이다.

95 주권이 없는 정부는 진정한 독립 정부가 아니다.

미국과 소련은 일본으로부터 우리를 해방시켜 준 고마운 나라다. 그러나 우리가 이 두 나라 손에서 해방되지 않고서는 남북통일도 할 수 없고, 완전한 자주독립 정부도 세울 수 없는 것을 알아야 된다. 또한 우리 민족이 진정한 해방을 쟁취하기 위해서는 영용하게 투쟁해야 한다. 어떤 나라 독립운동사를 봐도 그 민족 스스로 영용한 투쟁이 없이 완전한 독립을 이룬 사례가 없다. "독립 정권을 건립하자.", "자율 정부를 세우자."는 말은 독립 민주 국가로서 완전무결한 절대 주권을 찾자는 것이다. 주권이 없는 정부는 진정한 독립 정부가 아니다.

언제든 북한이 참가할 수 있게 하는 조건으로
총선거를 하자.

불행히 소련이 방해하여 북한은 선거를 실시하지 못할
지라도 다음에 언제든지 그 방해가 제거되는 대로 북한이
참가할 수 있게 하는 것을 조건으로 하고 의연히 총선거
방법으로 정부를 수립하여야 한다. 그것은 남북이 각각 단
독 정부처럼 보일 것이나 좀 더 명백히 규정하자면 그것도
법리상으로나 국제 관계상으로 보아 통일 정부일 것이요,
단독 정부는 아닐 것이다.

미군정을 연장시킬 우려가 있는 단독 정부는
반대한다.

　　우리는 전국을 통한 총선거에 의한 한국의 통일된 완전
자주적 정부 수립을 요구한다. 그러므로 현 군정을 연장시
킬 우려가 있거나 혹은 현 군정을 강화하게 될 수 있는 남
한 단독 정부는 반대하는 것이다.

大韓民國臨時政府返國紀念
大韓民國二十七年十一月三日

대한민국 임시정부 환국 기념(1945년 11월 3일)

부모형제가
서로 죽이는 전쟁을
막아야 한다

민주적인 선거가 아니라서 반대한다.

총선거를 인민들이 절대 자유의사로 실현할 수 있게 되기를 요구한다. 북한에 있는 소련 당국자들은 북한 선거는 가장 민주적으로 되었다 큰소리치고, 남한에 있는 미국 당국자들도 남한에서는 가장 자유로운 민주 선거를 실시할 수 있다고 큰소리친다. 그러나 실제로 북한에서는 소련 군정 세력을 업은 공산당이 비민주적으로 선거를 진행했다. 이와 같이 남한에서도 미국 군정 세력을 업은 한민당이 선거를 독차지하고 마음대로 하려고 한다. 그러므로 우리는 현 남한 정세를 바로잡고, 인민이 자유롭게 선거할 수 있는 자유로운 환경을 만들어야 한다. 그러지 않고 말이나 글로만 자유로운 선거를 할 수 있다고 발표하고 이런 현실에서 그대로 형식으로만 선거를 진행한다면 이것을 반대하지 아니할 수 없다.

99 한국 문제는 한국인이 해결 방안을 찾아내야 한다.

한국 문제는 결국 한국인이 해결할 것이다. 만일 한국인 스스로가 한국 문제 해결에 관하여 공통되는 방안을 만들지 못한다면 유엔이 돕는 것도 헛일이 될 것이다. 그러므로 언제든지 남북 지도자 회의가 필요한 것이다. 그러나 지금처럼 아주 나쁜 환경에서는 도저히 이 목적을 달성할 수 없는 것이다. 그러므로 우리는 미·소 양군이 나가는 대로 즉시 평화로운 국면 위에 남북 지도자 회의를 소집하여서 조국의 완전한 독립과 민족의 영원한 해방이라는 목적을 관철하기 위하여 공동 노력할 수 있는 방안을 만들자는 것이다.

한민당은 본래부터 통일 정부를
희망하지 않았다.

　우리는 통일된 자주독립 정부만을 요구한다. 유엔위원
단도 우리에게 우리가 요구하는 것과 같이 정부를 수립할
사명을 갖고 왔다. 그런데 그들은 소련한테 유엔위원단이
북한을 방문할 수 있도록 해 달라고 하였지만 아직도 북한
으로부터 정식 통지를 받지 못했다. 그런 까닭에 기다리고
있는 이때에 도리어 한국인으로서 소련이 유엔위원단이
북한에 들어가는 것을 거부하니 남한 단독 정부를 조직하
여 달라고 먼저 주장하는 것은 결국 한민당이 평소에 주장
을 되풀이하는 것이다. 이런 주장을 되풀이하는 것은 한민
당이 본래부터 통일 정부를 희망한다는 말이 진심으로 하
는 말이 아니었다는 것을 국민 대중 앞에 고백하는 것밖에
아무것도 아니다.

남북 정치범을 동시 석방하자.

남북 정치범을 동시 석방하자고 요구하는 것을 비방하는 자가 있는 듯하다. 이것도 애국자가 할 태도라고는 볼 수 없는 것이다. 남북을 물론하고 각기 그 땅에서는 정치범이라는 이름이 없을 것이다. 그러나 그 땅에서 정치 관계로 감옥에 갇혀 있는 이들은 정치범이라고 해석할 수 있는 것이다. 우리 처지에서는 북에 있는 정치범을 동시에 석방하라는 것이 정당한 주장이 아니고 무엇이랴.

누가 전쟁을 바랄 것인가?

친애하는 삼천만 자매 형제여! 우리를 싸고 움직이는 국내외 정세는 위기에 직면하였다. 2차 대전에서 연합국은 민주와 자유와 평화를 위하여 천만이 넘는 목숨을 희생하면서 싸워서 끝내 승리하였다. 그러나 그 전쟁이 끝나자마자 이 세계는 다시 두 개로 갈려졌고, 3차 대전이 일어날 모양이 되고 있다.

보라! 죽은 줄로만 알았던 남편을 다시 만난 아내를. 죽은 줄로만 알고 있던 아들을 다시 만난 어머니를. 그 남편과 그 아들을 또 다시 전쟁터로 보내지 아니하면 아니 될 위험이 닥쳐오고 있지 아니한가. 인류의 양심을 가진 자라면 누가 이 지긋지긋한 전쟁을 바랄 것이냐?

전쟁이 나기를 바라는 자들은 누구인가?

현재 우리나라 남북에서 외국에 아부하는 어떤 자들은 남한을 치겠다고 말하고, 어떤 자들은 북한을 치겠다면서 갈피를 잡지 못하고 전쟁을 바라고 있다. 실제로는 아직 그 실현성은 없다. 그러나 전쟁이 터진다고 하면 그 결과는 세계 평화를 파괴하는 동시에 동족의 피를 흘려서 왜적을 살릴 것밖에 아무것도 아닐 것이다. 그들 말대로 남북 전쟁을 하면 그들은 새 상전의 숨은 뜻을 부를 것이요, 옛 상전이었던 일본한테 다시 귀염을 받을 수 있을 것이다. 그들은 전쟁이 난다 할지라도 자기들 아들이나 손자만은 징병도 징용도 면제될 것으로 믿을 것이다. 왜 그러냐 하면, 왜정 아래서도 그들은 그런 혜택을 받았기 때문이다.

누가 자유로운 선거를 짓밟고 있는가?

미군 주둔 연장을 자기네 생명 연장으로 알고 있는 무지 몰각한 나쁜 무리들은 국가와 민족의 이익을 염두에 두지 아니하고, 세균이 밝은 해를 싫어하듯이 통일 정부 수립을 두려워하는 것이다. 미군 품에서 깨어나 자란 그들은 경찰을 종용하여서 선거를 독점하도록 배치하고 인민의 자유를 짓밟고 있다.

나는 우리 민족 누구도 미워하지 않는다.

나는 이번에 간디에게서 배운 바가 있다. 그는 자기를 쏜 사람을 용서하면서 죽는 그 순간에 있어서도 잊지 않고 손을 자기 이마에 대었다고 한다. 내가 사형 선고를 당해 본 일이 있다. 그때 나는 원수를 용서할 용기가 없었다. 나는 지금도 그것을 부끄러워한다. 지금 내가 오직 바라는 것은 우리 민족 모두와 손을 잡고 독립된 통일 조국을 건설하기 위하여 함께하는 것뿐이다.

내 한 몸 편하자고 단독 정부 세우는 일에
협력할 수 없다.

이 목숨을 조국이 필요로 한다면 당장에라도 제단에 바치겠다.

나는 통일된 조국을 세우려다가 38선을 베고 쓰러질지언정 내 한 몸 편하자고 단독 정부를 세우는 데는 협력하지 아니하겠다.

38선 귀신들이 우는 소리가 들리는 것 같다.

나는 내 생전에 38선 이북에 가고 싶다. 그쪽 동포들도 제 집을 찾아가는 것을 보고서 죽고 싶다. 궂은 날을 당할 때마다 38선을 싸고도는 원통한 귀신들 울음소리가 내 귀에 들리는 것 같다. 고요한 밤에 홀로 앉으면 남북에서 헐벗고 굶주리는 동포들 모습이 내 앞에 나타나는 것 같다.

나는 남한 정부도 북한 정부도 반대한다.

역사의 바퀴는 앞으로 구르고 인류는 진보하는 것이다. 그러므로 최후의 승리는 오직 정의에만 있는 것이다. 나는 조국을 분할하는 남한의 단독 선거도 북한의 인민공화국도 반대한다. 오직 정의의 깃발을 잡고 절대 다수의 애국 동포들과 함께 조국 통일과 완전 자주독립을 실현하기 위하여만 계속 분투하겠다.

도끼로 친다 해도 도망가지 않겠다.

친애하는 자매 형제여, 우리가 살 길은 오직 자주독립뿐
이다. 이 길이 아무리 험악하다 하여도 살고자 하는 사람
은 아니 가지는 못 하는 길이다. 주저하지도 말고 유혹받지
도 말고 앞만 보고 나가자. 내가 비록 못나고 어리석다 할
지라도 앞에서 이 길을 열어 나갈 각오와 용기를 가지고 있
다. 당장 도끼가 눈앞에 닥친다 할지라도 도망가지 않겠다.

도산 안창호 선생님께 드리는 말씀 1

도산 안창호 선생님, 지금부터 15년 전 4월 29일 윤봉길 의사가 상해에서 왜적 괴수 백천 장군을 공격하여 죽인 빛 나는 세계 역사의 한 장을 창조하던 그날 우리는 선생을 왜적에게 빼앗긴 것입니다.

* 대한민국 30년(1948년) 3월 10일

선생이여, 옛날에는 조국이 어려운 처지에 다다르면 근심스런 기운이 전국에 가득했습니다. 소리 높여 슬피 울거나 목숨을 끊기도 하고, 각종 투쟁으로 민족정기를 나타냈습니다. 그런데 지금은 조국이 위기에 빠졌는데도 웃으며 떠들고 즐겁게 노는 자가 적지 않습니다. 이런 모습을 볼 때마다 저도 한 번 죽음으로 그들의 정신을 일으키고 선생의 뒤를 따르고 싶은 마음이 불현듯이 날 때가 한두 번이 아니었습니다. 그러나 한갓 죽는 것보다는 목숨이 남아 있을 때까지 더 힘껏 싸우는 것이 조금이라도 더 효과가 있을까 하여 구차한 생명을 이어 가고 있나이다. 이것이 행복할 때도 많으나 도리어 송구하고 고통스러운 때가 더 많습니다.

선생이여, 조국의 위기가 점점 다가올수록 위대한 지도자를 추모하는 마음이 더욱 간절하나이다. 그러므로 이날을 당한 우리는 선생이 돌아가신 것을 슬퍼하기보다는 오늘 우리 민족이 처한 현실을 하소연하면서 우리를 인도하여 주시기를 간절히 바라고 싶습니다.

도산 안창호 선생님께 드리는 말씀 4

선생이여, 영혼이 계시면 이 날 이때에 편안히 누워 계시지 못할 것입니다. 김구는 도탄에 빠진 삼천만 동포, 그 가운데서도 특별히 38선 넘어 그리운 고향에 있는 가련한 동포를 대표하여 선생께 우리가 갈 길을 가르쳐 주시기를 간절히 바랍니다. 산에서 두견새가 울면 선생이 부르시는 소리로 알 것이요, 창문에서 빗소리가 나면 선생이 오신 줄 알 것이니 꿈에라도 나타나서 우리가 갈 길을 일러 주십시오.

114 이보다 더 큰 재난이 없을 것입니다.

    미국과 소련 두 나라가 자기들 군대 필요에 따라 마음대로 그어 놓은 이른바 38선을 남북 국경선으로 고정시키고, 남북이 두 정부 또는 두 국가를 만들게 되면 안 된다. 그렇게 되면 남북의 우리 형제자매가 미국과 소련이 일으키는 전쟁을 대신하는 앞잡이가 되어 서로 총검으로 싸우게 될 것이 불을 보듯 뻔한 일이다. 그렇게 되면 우리 민족이 겪을 비참하고 끔찍한 재난이 이보다 더할 것이 없게 된다.

미국과 소련 정책을 뒤따르기만 할 수는 없다.

외국인으로 보면 우리 한국 땅 민족이 멸망하더라도, 우리 한국 땅 이름이 세계 지도에서 없어지더라도 그다지 큰 관심사가 안 될지 모른다. 그러나 우리 한국 사람에게는 이보다 더 큰 문제가 없다. 그러므로 우리는 우리 민족 이해를 돌아보지 않을 수 없고, 우리 운명을 좌우하는 미국과 소련이 만든 정책을 뒤따르기만 할 수는 없는 것이다.

116 미국과 소련이 대립해서 전 인류가
고통을 받는다.

지금 미국과 소련 두 나라가 세계에서 서로 대립하기 때문에 전 세계 인류가 거의 다 고통을 받고 있다. 그 가운데 두 나라가 나눠서 점령하고 있는 민족이 더욱 심각한 고통을 받으니 독일과 우리 한국이다. 독일은 연합국한테 적국이었으나 우리는 적국이 아니었고, 독일은 분단된 채 각각 정부를 가지게 되더라도 동족이 서로 죽이는 전쟁을 할 염려가 우리처럼 크지 않다. 따라서 우리는 지금 이 세계에서 가장 심각한 고통을 받는 불행한 민족이다.

117 미국과 소련은 부끄러움을 알아야 한다.

인류의 자유와 이성과 민주주의의 정신을 도맡고 있는 미국, 또 약한 나라와 민족 해방을 돕는다고 스스로 말하는 소련. 이 두 나라가 전 세계 인류 앞에서 선포한 '카이로', '포츠담' 공약을 준수하지 않고 책임을 서로 미루거나 떠넘기면서 불행한 우리 민족을 더욱더 불행하게 하려고 하는 것은 미국과 소련 두 나라한테 부끄러운 일이 될지언정 명예는 되지 못할 것이다.

118 고향 친지를 만나도 슬프고 서럽다.

내가 한국 사람인 까닭에 한국을 누구보다도 더 잘 사
랑할 줄 안다. 같은 까닭으로 내가 이북 사람인 까닭에 이
북을 누구보다도 더 잘 사랑할 줄 안다. 내가 입국한 뒤에
남한에서 수많은 고향 친지를 만났다. 반갑기는 하나 우리
조상의 무덤이 있고 우리가 자라난 그 땅에서 만나지 못하
고 객지에서 떠돌이 신세로 만날 때에 나는 이루 말할 수
없이 슬프고 서럽다.

동족이 서로 죽이는 전쟁을 해야 하는가?

두 동강 정부를 주장하는 사람들은 선거를 실시하여 남 조선 정부를 수립하고 군대를 양성하여 북쪽으로 쳐들어 가겠다고 말하는데 이것은 위험한 말이다. 남한으로 넘어 온 4백 5십만 동포들은 자기 부모·처자·친척들이 아직도 북한에 남아 있다. 그 사람들이 남쪽에서 총을 메고 쳐들 어갈 때에 북한 공산당들이 먼저 이 사람들을 강제로 38 선에 내세우고 북쪽에서 마주쳐 온다면 우리의 할아버지 와 아버지와 어머니와 동생들을 향하여 총으로 쏘고 칼로 찔러서 죽이고 싸워야 한단 말인가? 동족이 서로 죽이고, 나라와 민족이 망하는 참화를 조장시키는 자의 정체가 참 으로 우리 한국 사람인가 생각해 보라.

'옳음과 나쁨', '현실과 비현실'은
전혀 다른 문제다.

우리는 현실적이냐 비현실적이냐가 문제가 아니라 그것
이 옳은 길이냐 나쁜 길이냐가 생명이라는 것을 분명히 밝
혀서 기록해야 한다. 비록 창자가 아홉 번 꼬이는 일이라도
그것이 바른 길이라면 그 길을 선택하여야 하는 것이다. 참
으로 이것만이 사람이 갈 길인 것이다. 현실적이니 비현실
적이니 하는 것은 전혀 다른 문제인 것이다.

자주독립은 민족의 명령입니다.

외국 간섭이 없고 분열 없는 자주독립을 쟁취하는 것은 민족의 지상 명령이니 이 지상 명령에 순종할 따름이다. 우리가 망명 생활을 30여 년이나 한 것도 가장 비현실적인 길인 줄 알면서도 민족의 지상 명령이므로 그 길을 택한 것이다. 과거에 일진회도 '현실적인 길'을 가야 한다고 주장하다 왜적한테 나라와 민족을 팔아먹는 반역자와 매국노가 된 것이다.

122 친일파 반역자들이 우익을 더럽히고 있다.

무엇보다도 한국 안에는 이른바 우익이 없는 것이다. 세계적으로 볼 때에 우익이란 흔히 보수 반동을 말하는 것이다. 그런데 혁명 세력으로서는 보수 반동일 수가 없고, 한국의 실정을 아는 양심이 있는 사람들이 보수 반동일 리가 없는 것이다. 그러므로 우리가 자칭 '우익'이라고 하는 말부터 재검토하여야 한다. 그런데 이 땅에서 보통 말하는 우익 가운데는 왕왕 친일파 반역자 집단까지 포함되는 것이 큰 문제이다. 그들은 우익을 더럽히는 '군더더기' 집단이다.

123 38선은 일각이라도 그대로 둘 수 없다.

　위도로서 38선은 계속 있어야 하겠지만 조국을 나눠 가
진 외국 군대들이 마음대로 그은 경계선인 38선은 결코 그
대로 둘 수 없는 것이다.

38선 때문에 자주와 민주도 없다.

　38선 때문에 우리에게는 통일과 독립이 없고 자주와 민
주도 없다. 어찌 그뿐이랴. 대중이 굶주리게 되고, 가정이
흩어지게 되고, 동족이 서로 죽이는 일까지 있게 되는 것
이다.

이 길이 마지막이 되더라도 이북 동포들을
만나고 싶다.

한 번 간다고 내가 결심한 것은 누가 말려도 쓸데없다.
백 마리 소를 모아서 나 김구를 끌려 해도 내 마음은 꼼짝
하지 않을 것이다. 누가 뭐라고 해도 좋다. 북한 공산당이
나를 미워하고, 소련 스탈린 대변자들이 나를 시베리아로
끌고 가고 좋다. 북한 빨갱이도 김일성도 다 우리들과 같
은 조상의 피와 뼈를 가졌다. 그러니까, 나는 이 길이 마지
막이 될지 어떻게 될지 몰라도 나는 이북 동포들을 뜨겁게
만나 보아야겠다.

이야기를 나눌 수 있는 기회를 얻는 것이 기쁘다.

나는 이번에 꿈에도 그리던 이북의 땅을 밟았다. 내 고향의 부모 형제자매를 만날 수 있게 된 것을 생각하면 기쁨에 넘칠 뿐이다. 그러나 그보다도 우리들이 민주 자주의 통일 독립 국가를 건설하기 위하여 이야기를 나눌 수 있는 기회를 얻는 것을 더욱 기뻐한다.

나는 소련과 미국에 무조건 찬성할 수가 없다.

소련식 민주주의가 아무리 좋다고 하여도 공산 독재 정권을 세우는 것은 싫다. 미국식 민주주의가 아무리 좋다 하여도 독점 자본주의가 권세나 세력을 잡아 제멋대로 부리며 함부로 날뛰면서 가난하고 힘없는 사람들을 외롭게 하고, 약한 나라를 자기들 상품 시장으로 만드는 데는 찬성할 수 없다.

¹²⁸ 우리가 앞으로 나갈 길을 다시 확인한다.

우리의 걸어 온 길은 정확하였다. 또 앞으로 나갈 길도 이것뿐이다. 당면 정책을 검토하여 그 실행을 못한 것을 계속 실행하기로 결심하는 동시에 자주 민주의 통일 독립 노선을 다시 확인한다.

3·1대혁명을 기억하자.

 우리는 제2차 대전 끝에 민주 연합군 혜택으로 해방되었다. 그러나 3·1절 전후에 무수한 애국선열과 지사들이 왜적과 용감히 싸우지 않았다면 어찌 이만 한 해방인들 우리를 찾아왔겠는가. 그런데도 우리 현실은 어떠한가. 미국과 소련 은혜에 감격하는 눈물을 흘리는 무리는 많고, 우리 애국선열과 독립투사들 노력을 진심으로 감사하는 사람들은 적은 것 같다.

3·1대혁명 정신으로 조국 통일 독립을 완수하자.

우리는 엄숙한 양심이 명하는 대로 나라와 민족을 사랑하는 3·1대혁명 정신으로 완전한 자주독립 조국을 재건하기로 또 한 번 새롭게 결심하여야 한다. 이 결심을 실현하기 위하여 평화로운 수단과 방법으로 조국의 통일 독립을 완수하자.

대한민국을 완전한 독립 국가로 만들어야 한다.

우리는 전 민족이 단결하여 조국의 독립 주권을 쟁취하여야 될 혁명 시기에 있는 것이다. 혁명이란 약한 힘으로써 강한 힘을 물리치기 위한 싸움이니 만큼 난관이 허다하다. 그러나 혁명가란 인류 사회의 정의를 무쇠 같은 신념으로 실현시키기 위하여 마지막 목표를 달성할 때까지 계속 투쟁할 뿐임을 알아야 한다. 남북 협상은 민족 통일로 가는 길을 한발자국 내딛은 단계다. 동족이 서로 피를 흘리며 죽이는 사태와 국토가 분단되는 위기를 방지하고, 자주 민주의 원칙으로 대한민국을 완전한 독립 국가로 세워야 한다는 내 주장과 태도는 바뀔 수 없다.

38도선 표지판 앞에선 백범(1948년 4월 19일)

들에는
한 가지 꽃만
피지 않는다

네 소원이 무엇이냐고 하나님이 물으시면 나는 서슴지 않고 "내 소원은 대한 독립이요." 하고 대답할 것이다. 그 다음 소원은 무엇이냐고 하면 나는 또 "우리나라 독립이요." 할 것이요. 또 그 다음 소원이 무엇이냐는 셋째 번 물음에도 나는 더욱 소리 높여서 "나의 소원은 우리나라 대한의 완전한 자주독립이요." 하고 대답할 것이다.

동포 여러분! 나 김구의 소원은 이것 하나밖에는 없다. 내 과거 칠십 평생을 이 소원을 위하여 살아왔고, 현재에도 이 소원 때문에 살고 있고, 미래에도 나는 이 소원을 이루려고 살 것이다.

독립 정부의 문지기가 되겠다.

독립이 없는 백성으로 칠십 평생에 설움과 부끄러움과 애탐을 받은 나에게는 세상에 가장 좋은 것이 완전하게 자주독립한 나라의 백성으로 살아 보다가 죽는 일이다. 나는 일찍 우리 독립 정부의 문지기가 되기를 원하였거니와 그것은 우리나라가 독립국만 되면 나는 그 나라에 가장 낮은 사람이 되어도 좋다는 뜻이다. 왜 그런가 하면 독립한 제 나라에서 가난하고 낮은 자리에서 살더라도 남의 나라 종이 되어 부자가 되거나 높은 자리에서 사는 것보다 기쁘고 영광스럽고 희망이 많기 때문이다. 옛날에 일본에 갔던 박제상이 '내 차라리 계림의 개, 돼지가 될지언정 왜왕의 신하로 부귀를 누리지 않겠다.' 한 것이 그의 참된 마음이었던 것을 나는 안다. 박제상은 왜왕이 높은 벼슬과 많은 재물을 준다는 것을 물리치고 달게 죽임을 받았으니 그것은 '차라리 내 나라의 귀신이 되리라.' 함이었다.

134 우리나라를 다른 나라 아래로 넣으려는 자는 미친놈이다.

최근 우리 동포 가운데 우리나라를 어느 큰 이웃 나라 아래로 들어가기를 소원하는 자가 있다 하니 나는 그 말을 차마 믿으려 아니하거니와 만일 참으로 그러한 자가 있다 하면 그는 제정신을 잃은 미친놈이라고밖에 볼 길이 없다.

우리 민족이 세운 나라여야 한다.

나는 공자, 석가, 예수의 도를 배웠고, 그들을 성인으로 숭배한다. 그러나 그들이 함께 세운 천당이나 극락이 있다 하더라도 그것이 우리 민족이 세운 나라가 아니라면 우리 민족을 그 나라로 끌고 들어가지 아니할 것이다. 왜 그런가 하면 피와 역사를 같이하는 민족이란 뚜렷하게 있는 것이어서 내 몸이 남의 몸이 못 됨과 같이 이 민족이 저 민족이 될 수 없는 것이 마치 형제도 한 집에서 살기 어려움과 같은 것이다. 둘 이상이 합하여서 하나가 되자면 하나는 높고 하나는 낮아서 하나는 위에 있어서 명령하고 하나는 밑에 있어서 복종하게 되는 문제가 생기는 것이다.

사상이나 신앙도 한때 바람이다.

철학도 변하고 정치나 경제에 대한 이론도 변한다. 그러
나 민족은 변하지 않는다. 일찍 어느 민족 안에서나 종교나
이론, 혹은 경제나 정치권력의 이해관계로 충돌하여 두 파
세 파로 갈려서 피를 흘리면서까지 싸운 일이 없는 민족이
없다. 그러나 세월이 지나면 그것은 바람처럼 지나가는 것
이지만 민족은 필경 바람 잔 뒤에 풀과 나무처럼 뿌리와
가지를 서로 걸고 한 수풀을 이루어 살고 있다. 오늘날 이
른바 좌익이나 우익이란 것도 결국 영원한 혈통의 바다에
서 잠깐 일어나는 풍파에 불과하다는 것을 잊어서는 아니
된다.

이 모양으로 모든 사상도 가고 신앙도 변한다. 그러나 민
족은 영원히 공동 운명체 인연에 얽혀 흥망성쇠를 한 몸으
로 겪으면서 이 땅 위에서 살아가는 것이다.

137 현 단계에서는 민족마다 좋은 나라를
만들어야 한다.

세계 인류가 너와 내가 없이 한 집이 되어 사는 것은 좋은 일이요, 인류가 끝내 이루어야 할 가장 높은 이상이며 희망이다. 그러나 이것은 멀고 먼 장래에 바랄 것이지 아직 현실은 아니다. 온 세계가 동포가 되는 크고 아름다운 목표를 향하여 인류가 그 희망을 높이면서 나가는 노력을 하는 것은 좋은 일이요 마땅히 할 일이다. 그러나 이것도 현실을 떠나서는 안 되는 일이다. 인류의 현 단계는 민족마다 가장 좋은 국가를 이루어 아름다운 문화를 낳아 길러서 다른 민족과 서로 바꾸고 서로 돕는 일이다. 이것이 내가 믿고 있는 민주주의요 이것이 인류의 현 단계에서는 가장 확실한 진리다.

인류 평화에 기여하는 나라를 만들어야 한다.

그러므로 우리 민족으로서 가장 먼저 해야 할 일은 첫째로 남한테 절제도 아니 받고 남에게 기대지도 아니하는 완전한 자주독립국을 세우는 일이다. 이것이 없이는 우리 민족의 생활을 보장할 수 없을 뿐더러 우리 민족의 정신력을 자유로 발휘하여 빛나는 문화를 세울 수가 없기 때문이다. 이렇게 완전 자주독립국을 세운 뒤에는, 둘째로 이 지구에 사는 인류가 참된 즐거움과 행복한 평화를 누릴 수 있는 사상을 낳아 그것을 먼저 우리나라에서 실현하는 것이다.

139 우리나라 자주독립은 인류 평화를 위해서도 필요하다.

나는 오늘날 인류 문화가 불안전함을 안다. 나라마다 안으로는 정치, 경제, 사회가 평등하지 않거나 합리적이지 못하다. 국제적으로는 나라와 나라, 민족과 민족 사이에 시기, 알력, 침략, 그리고 그 침략에 대한 보복으로 작고 큰 전쟁이 그칠 사이가 없다. 그렇게 많은 생명과 재물을 희생하고도 좋은 일이 오는 것이 아니라 사람 마음은 갈수록 불안하고, 도덕 또한 갈수록 더 나빠진다. 이래 가지고는 전쟁이 그칠 날이 없어 인류는 마침내 멸망하고 말 것이다. 그러므로 인류 세계에는 새로운 생활 원리의 발견과 실천이 필요하게 되었다. 이야말로 하늘이 우리 겨레한테 맡긴 일이라고 믿는다. 이런 까닭에 우리 민족의 독립이란 결코 삼천리 우리 겨레만을 위한 일이 아니라 참으로 세계 모두의 운명에 관한 일이다. 그러므로 우리나라 독립을 위하여 일하는 것이 곧 세계 인류를 위하여 일하는 것이다.

¹⁴⁰ 우리 민족이 세계 역사를 빛나게 하는
주인공이 될 것이다.

    만일 오늘날 우리 형편이 초라한 것을 보고 스스로 못
난 마음이 생겨 우리가 세우는 나라가 그처럼 위대한 일을
할 것을 의심한다면 그것은 스스로를 모욕하는 일이다. 우
리 민족의 지나간 역사가 빛나지 아니함이 아니나 그것은
아직 서곡이었다. 우리가 세계 역사의 무대에 주연 배우로
나서는 것은 오늘 이후다.

오직 사랑의 문화, 평화의 문화를 만들자.

　내가 원하는 우리 민족이 할 일은 결코 세계를 무력으로 정복하거나 경제력으로 지배하려는 것이 아니다. 오직 사랑의 문화, 평화의 문화로 우리 스스로 잘 살고 인류 모두가 의좋고 즐겁게 살도록 하는 일을 하자는 것이다.

이 일은 우리 민족이 받은 사명이다.

어느 민족도 일찍 스스로 잘 살면서 인류 모두가 의좋고 즐겁게 살도록 하는 일을 한 민족이 없었으니 그것을 헛된 꿈이라 하지 말라. 일찍 아무도 한 민족이 없기에 우리 민족이 하자는 것이다. 이 큰일은 하늘이 우리 민족을 위하여 남겨 놓으신 사명임을 깨달을 때에 우리 민족은 비로소 제 길을 찾고 제 일을 알아본 것이다.

젊은이들이 민족 사명에 눈을 떠야 한다.

    나는 우리나라의 청년 남녀가 모두 조그맣고 좁은 생각을 버리고 우리 민족이 맡은 큰일에 눈을 떠서 제 마음을 닦고 제 힘을 기르는 일을 즐겁게 하기를 바란다. 젊은 사람들이 모두 이 정신을 가지고 이 방향으로 힘을 쓴다면 우리 민족은 놀랍게 성장할 것을 나는 굳게 믿는다.

우리나라는 자유로운 나라가 되어야 한다.

내 정치 이념은 한마디로 표현하면 자유다. 우리나라는 자유로운 나라가 되어야 한다. 자유란 무엇인가. 절대로 각 개인이 제멋대로 사는 것을 자유라 하면 이것은 나라가 생기기 전이나 나라가 없어진 뒤에나 있을 일이다. 국가생활을 하는 인류에게는 이처럼 규제 없는 자유는 없다. 왜 그런가 하면 국가란 또 하나의 규범으로 묶어 두는 것이기 때문이다. 국가생활을 하는 우리를 규제하는 것은 법이다.

독재 국가는 사람들을 노예로 만든다.

개인 생활이 법에 묶이는 것은 자유 있는 나라나 자유가 없는 나라나 마찬가지다. 자유가 있는 나라인가 자유가 없는 나라인가로 나누는 기준은 개인의 자유를 규제하는 법이 어디서 오느냐에 달렸다. 자유 없는 나라의 법은 국민 가운데 어떤 한 사람이나 또는 한 무리에서 나온다. 법이 한 사람한테서 나오는 나라는 독재 국가다. 법이 한 무리에서 나오는 국가는 계급 독재 국가다. 나는 우리나라가 독재국가로 되지 않기를 바란다. 독재 국가에서는 정권을 잡은 사람들을 뺀 다른 사람들을 노예로 만들기 때문이다.

가장 무서운 독재가 계급 독재다.

독재 가운데에서 가장 무서운 독재는 한 가지 철학을 기초로 하는 계급 독재다. 군주를 비롯한 어떤 한 사람이 하는 독재는 그 개인만 몰아내면 된다. 그러나 많은 개인으로 조직된 한 계급이 독재의 주체일 때에는 이것을 제거하기는 아주 어려운 것이다. 이러한 계급 독재는 그보다도 큰 집단이나 국제적 압력이 아니고는 깨뜨리기 어려운 것이다. 조선시대 양반정치도 계급 독재 가운데 하나인데, 이것은 수백 년 계속하였다.

¹⁴⁷ 조선은 주자학파들 계급 독재로 망했다.

수백 년 동안 조선은 계급 독재 국가였다. 유교, 그 가운데에도 오직 주자학파의 철학을 기초로 한 것이었다. 정치에 있어서만 아니라 사상, 학문, 사회생활, 가정생활, 개인생활까지도 규정하는 계급 독재였다. 주자학이 아닌 학문은 발달하지 못하였고, 그 영향은 예술, 경제, 산업에까지 미쳤다. 우리나라가 망하고 백성들 힘이 약하게 된 가장 큰 원인이 실로 여기 있었다. 왜 그런가하면 사람들한테 아무리 좋은 사상과 경륜이 생기더라도 그가 집권 계급에 속한 사람이 아닌 이상, 주자학이 아닌 이상 세상에 펼칠 수 없기 때문이었다. 이 때문에 싹이 트려다가 눌려 죽은 새 사상, 싹도 트지 못하고 밟혀 버린 경륜이 얼마나 많았을까.

언론의 자유가 있는 나라만 진보할 수 있다.

언론의 자유가 어떻게나 중요한가를 통감하지 아니할
수 없다. 오직 언론의 자유가 있는 나라에만 진보가 있는
것이다.

소련식 민주주의는 조선시대보다 더한 독재다.

시방 공산당이 주장하는 소련식 민주주의란 계급 독재 정치 가운에도 가잘 철저한 것이어서 독재 정치의 모든 특징을 극단으로 발휘하고 있다. 공산당과 소련의 법률과 군대와 경찰의 힘을 한데 모아서 반대는 고사하고 비판만 해도 숙청과 죽음으로 대하니 이는 조선시대 사문난적에 대한 것 이상이다.

국민 사상이나 신앙을 강제하는 것은 옳지 않다.

어느 한 가지 학설을 표준으로 삼아 국민 사상을 묶어
두는 것은 어느 한 종교를 국교로 정하여서 국민 신앙을
강제하는 것과 마찬가지로 옳지 않다.

들에는 한 가지 꽃만 피지 않는다.

산에 한 가지 나무만 나지 아니하고 들에 한 가지 꽃만 피지 아니한다. 여러 가지 나무가 어울려서 아름다운 숲을 이루고, 백가지 꽃이 섞여 피어서 풍성한 봄 경치를 이루는 것이다.

우리나라에는 신앙의 자유가 있어야 한다.

우리가 세우는 나라에는 유교도 불교도 예수교도 자유로 발달할 수 있어야 한다. 또 철학으로 보더라도 인류의 위대한 사상이 다 들어와서 꽃이 피고 열매를 맺게 해야 한다. 이렇게 해야만 비로소 자유로운 나라라고 할 것이요. 이러한 자유국가에서만 인류가 행복하게 살 수 있는 가장 크고 가장 높은 문화가 태어날 것이다.

153 독재는 폭력 혁명을 부른다.

나는 노자가 말하는 '아무 일도 하지 마라.'를 그대로 믿는 자는 아니다. 그러나 정치를 맡은 사람이 너무 억지로 자기 지식대로만 하려는 것을 옳지 않게 생각한다. 대개 사람은 전지전능할 수가 없고, 학설이란 완전무결할 수 없는 것이다. 그러므로 정부를 담당한 한 사람 생각이나 정권을 잡은 무리들이 한 가지 생각을 내세워 국민을 통제하는 것은 그때는 빨리 좋아지는 것처럼 보이지만 끝내는 큰 병통이 생겨서 그야말로 변증법적인 폭력 혁명을 부르게 되는 것이다.

154 모든 생물은 저를 보존하려는 본능이 있다.

모든 생물에는 다 환경에 순응하여 저를 보존하려는 본능이 있으므로 가장 좋은 길은 가만히 두는 길이다. 작은 꾀로 자주 건드리면 이익보다도 해가 많다.

개인 생활에 너무 잘게 간섭하는 것은
좋은 정치가 아니다.

개인 생활에 너무 잘게 간섭하는 것은 결코 좋은 정치가
아니다. 국민은 군대의 병정도 아니요 감옥의 죄수도 아니
다. 한 사람 또는 몇 사람 호령으로 끌고 가는 것이 극히 부
자연하다. 이런 짓이 위험한 일인 것은 파시스트와 나치스
가 불행하게도 가장 잘 증명하고 있지 아니한가.

국민의 자유로운 의견을 바탕으로
법을 만들어야 한다.

무슨 일을 의논할 때 처음에는 백성들이 저마다 제 의견을 발표하여서 옳고 그름을 가리기 어렵고 어디로 갈지 모를 것 같다. 그러나 서로 갑론을박으로 토론하는 동안에 의견이 차차 정리되어서 마침내 두어 개 큰 흐름으로 되다가 국회에서 다수결 방법으로 한 가지 방법으로 결의하여 법률로 만들어야 한다. 이렇게 국민의 자유로운 마음과 생각을 바탕으로 결정되어야 단단한 법이 되어 국민 생활에 도움이 되는 것이다.

157 민주주의란 절차지 내용이 아니다.

민주주의란 국민의 마음과 생각을 알아보는 한 절차요 방식이지 그 내용은 아니다. 곧 언론의 자유, 투표의 자유, 다수결을 따름, 이 세 가지가 곧 민주주의다.

158 민주주의 세 가지 절차도 헌법에 따라야 한다.

'언론 자유, 투표 자유, 다수결에 따름'이라는 절차만 밟으면 어떠한 철학에 기초한 법률도 정책도 만들 수 있다. 이것을 제한하는 것은 오직 헌법 조문뿐이다. 그런데 헌법도 결코 독재 국가 헌법같이 신성불가침이 아니라 민주주의 절차로 개정할 수가 있는 것이다. 이렇게 해야 민주 국가, 곧 백성이 주권자인 나라라고 할 수 있는 것이다.

159 민주 국가가 건전하려면 교육과 문화가 중요하다.

민주 국가에서 국론을 움직이려면 어떤 개인이나 당파를 움직여서 되지 아니하고 그 나라 국민 의견을 움직여야 된다. 백성들의 작은 의견은 이해관계로 결정되지만 큰 의견은 그 국민성과 신앙과 철학으로 결정된다. 따라서 교육과 문화가 중요하다. 국민성을 보존하는 것이나 수정하고 향상하는 것이 바로 교육과 문화의 힘으로 이뤄지기 때문이다. 산업 방향도 문화와 교육으로 결정됨이 큰 까닭이다.

교육이란 결코 생활 기술을 가르치는 것만을 의미하는 것이 아니다. 교육의 기초가 되는 것은 우주와 인생과 정치에 대한 철학이다. 이런 철학을 기초로 하고, 그 위에 생활 기술을 가르치는 것이 곧 국민 교육이다. 그러므로 좋은 민주주의는 좋은 교육에서 시작될 것이다. 건전한 철학의 기초 위에 서지 아니한 지식과 기술의 교육은 그 개인과 그를 포함한 국가에 해가 된다. 인류 전체로 보아도 그러하다.

나는 어떤 독재도 반대한다.

　나는 어떤 의미로든지 독재 정치를 반대한다. 나는 우리
동포를 향하여서 부르짖는다. 결코, 결단코 독재 정치가 아
니 되도록 조심하라고. 우리 동포 각 개인이 모두 언론 자
유를 누려서 국민 전체 의견을 따르는 정치를 하는 나라를
만들자고, 일부 당파나 어떤 한 무리들 철학으로 다른 다
수를 강제하지 않는 나라를 만들자고 부르짖는다.

162 우리 자손들이 누려야 할 자유도
    속박해서는 안 된다.

또 현재 우리들 이론으로 우리 자손들이 누려야 할 사
상과 신앙의 자유를 속박함이 없는 나라를 만들자고, 하늘
과 땅처럼 넓고 자유로운 나라 그러면서도 사랑을 바탕으
로 하는 도덕과 법의 질서가 우주와 자연의 법칙을 따르고
지키는 나라가 되도록 하자고, 그런 우리나라를 만들자고
나는 부르짖는다.

사상과 언론이 자유로운 민주주의를 선택하자.

나는 미국식 민주주의 제도를 그대로 옮겨 오자는 것은
아니다. 다만 소련식 민주주의에 견주어 볼 때 미국 언론이
자유롭다고 판단하였을 뿐이다. 둘 중에서 하나를 택한다
면 사상과 언론의 자유를 기초한 미국 민주주의를 선택하
자는 말이다.

미국식 정치 제도가 완성된 민주주의는 아니다.

나는 미국식 민주주의 정치 제도가 반드시 최후로 완성된 것이라고 생각하지 아니한다. 인생의 어느 부분이나 다 그러함과 같이 정치 형태에 있어서도 끝없이 창조적 진화가 있을 것이다. 더구나 우리나라와 같이 반만년에 걸쳐 여러 가지 국가 형태를 경험한 나라에는 결점도 있겠지만 잘 발달한 좋은 정치 형태도 있을 것이다.

우리 역사에서 좋은 것을 골라서 보태자.

조선 시대로 보더라도 홍문관, 사간원, 사헌부 같은 제도는 국민 가운데 현명한 사람들 의견을 국정에 반영하는 맛있는 제도다. 과거제도와 암행어사 같은 것도 연구해서 더 발전시켜 볼 만한 제도다. 역대 정치 제도를 살펴보면 반드시 쓸 만한 것도 많으리라고 믿는다. 이렇게 남의 나라에서 좋은 것을 가져오고 내 나라에서 좋은 것을 골라서 우리나라에 독특한 좋은 정치 제도를 만드는 것도 세계 인류의 문화와 문명 발전에 보태는 일이다.

세계에서 가장 아름다운 문화의 나라가
되어야 한다.

나는 우리나라가 세계에서 가장 아름다운 나라가 되기
를 원한다. 가장 부강한 나라가 되기를 원하는 것은 아니
다. 내가 남의 침략에 가슴이 아팠으니 내 나라가 남을 침
략하는 것을 원치 아니한다. 우리의 경제력은 우리의 생활
을 풍족히 할 만하고 우리 군사력은 남의 침략을 막을 만
하면 된다. 오직 한없이 갖고 싶은 것은 높은 문화의 힘이
다. 문화의 힘은 우리 자신을 행복 되게 하고 나아가서 남
에게 행복을 주기 때문이다.

사람이 사람답게 살 수 있는 문화가 필요하다.

지금 인류에게 부족한 것은 경제력도 아니요 군사력도 아니다. 자연 과학의 힘은 아무리 많아도 좋으나 인류 전체로 보면 현재의 자연 과학만 갖고도 편안히 살아가기에 넉넉하다. 현재 인류가 불행한 까닭은 사람이 사람으로서 마땅히 지켜야 할 도리가 부족하기 때문이다. 어진 마음이 부족하고, 옳은 일을 좋아하는 마음이 부족하고, 남을 깊이 사랑하는 마음이 부족하고, 약하고 어려운 생명을 가엾게 여기는 마음과 베푸는 행동이 부족하기 때문이다. 이런 마음만 발달하면 현재 물질만으로도 수십 억이 다 편안히 살아갈 수 있을 것이다. 인류가 이런 마음과 정신을 기르도록 할 수 있는 것은 문화다.

모방이 아니라 새로운 문화를 만들어야 한다.

　나는 우리나라가 남의 것을 모방하는 나라가 되지 말고 높고 새로운 문화의 근원이 되고 목표가 되고 모범이 되기를 원한다. 그래서 참된 세계 평화가 우리나라에서, 우리나라로 말미암아 세계에서 실현되기를 원한다. 우리나라를 처음 세운 단군할아버지가 꿈꾸던 '홍익인간', 곧 '널리 인간을 이롭게 한다.'는 이상이 이것이라고 믿는다.

169 우리 민족이 세계무대에 등장할 날이 눈앞에 보인다.

우리 민족이 반만년 동안 쇠를 불에 달구었다 단단하게 되듯 어렵고 힘들게 겪은 역사를 이겨 내며 살아남은 정신과 재주가 이런 뜻을 이루기에 넉넉하다. 우리나라 땅이 자리한 모양과 조건이 그러하다. 또 두 차례 큰 싸움을 치른 세계 인류의 요구가 그러하며, 이러한 시대에 새로 나라를 고쳐 세우는 시기가 그러하다고 믿는다. 우리 민족이 주연 배우로 세계무대에 등장할 날이 눈앞에 보이지 아니하는가.

국민 각자가 한 번 마음을 고쳐먹자.

인류 최고 문화 건설이라는 사명을 이룰 민족은 한마디로 하면 모두 좋은 사람을 만드는 데 있다. 대한 사람이라면 가는 데마다 신용을 받고 대접을 받아야 한다. 우리의 적이 우리를 누르고 있을 때에는 미워하고 분해하는 살벌과 투쟁의 정신을 길렀지만 이제 적은 물러갔으니 우리는 증오와 투쟁을 버리고 화합과 건설을 할 때다. 집안이 불화하면 망하고 나라 안이 갈려서 싸우면 망한다. 동포 간의 증오와 투쟁은 망조다. 우리 용모에서는 화기가 빛나야 한다. 우리 국토 안에는 언제나 따뜻한 바람이 넘쳐야 한다. 이것은 우리 국민 각자가 한 번 마음을 고쳐먹으면 된다. 그러한 정신 교육을 꾸준히 해야 할 것이다.

171 꽃을 꺾는 자유가 아니라 꽃을 심는 자유다.

가장 좋은 문화로 인류 사회에서 모범이 되기로 뜻을 세운 우리 민족 한 사람 한 사람은 내 이익만 챙기는 개인주의자여서는 안 된다. 우리는 개인의 자유를 극도로 주장하되 그것은 저마다 제 배만 채우기에 쓰는 자유가 아니어야 한다. 제 식구를, 제 이웃을, 제 국민과 함께 잘 살도록 쓰는 자유다. 공원의 꽃을 꺾는 자유가 아니라, 공원에 꽃을 심는 자유다.

나눠 주는 것을 즐거워하는 사람이 되어야 한다.

우리는 남의 것을 빼앗거나 남한테 받으려는 사람이 아니다. 가족에게, 이웃에게, 동포에게 나눠 주는 것을 즐거워하는 사람이다. 우리말에 이른바 점잖은 사람이다. 우리 조상님들이 좋아하던 인후지덕(仁厚之德), 곧 마음이 어질고 남을 위하는 마음이 넓고 두터운 사람이란 것이다.

173 우리는 사랑하는 사람을 위해 부지런해야 한다.

　우리는 게으르지 아니하고 부지런하다. 사랑하는 사람이 있는 사람은 부지런할 수밖에 없다. 한없이 주기 위함이다. 힘드는 일은 내가 앞서 하니 사랑하는 동포를 아낌이요, 즐거운 것은 남에게 권하니 사랑하는 사람을 위하기 때문이다.

174 망할 수 없는 나라를 만들자.

　우리나라 산에는 나무가 가득하고, 들에는 오곡백과가 풍성하며, 작은 마을과 큰 도시도 깨끗하고 화평할 것이다. 그리하여 우리 동포, 곧 대한 사람은 남자나 여자나 얼굴은 항상 밝고 따스하며, 몸에서는 덕의 향기가 날 것이다. 이런 나라는 불행하려고 해도 불행할 수 없고, 망하려 해도 망할 수 없는 것이다.

175 내가 남을 해치면 천하가 나를 해친다.

개인의 행복이 이기심에서 오는 것이 아니고, 민족의 행복은 결코 계급 투쟁에서 오는 것이 아니다. 계급 투쟁은 끝없는 계급 투쟁을 낳아서 땅에 피가 마를 날이 없게 될 것이다. 내가 이기심으로 남을 해치면 천하가 이기심으로 나를 해칠 것이다. 이것은 조금 얻고 많이 빼앗기는 법이다.

이상에 말한 것은 내가 바라는 새 나라 모습을 그린 것이다. 동포 여러분! 이러한 나라가 될진대 얼마나 좋겠는가. 우리네 자손을 이러한 나라에 남기고 가면 얼마나 만족하겠는가. 옛날 한나라 땅에 살던 기자가 우리나라를 사모하여 왔고, 공자께서도 우리 민족이 사는 땅에 오고 싶다고 하셨으며, 우리 민족을 인(仁)을 좋아하는 민족이라 하였다. 옛날에도 그러하였거니와 앞으로는 세계 인류가 모두 우리 민족의 문화를 이렇게 사모하도록 하지 아니하려는가.

이 세상 모든 교육자와 학생들이
마음을 크게 고쳐먹기를 빈다.

나는 우리 힘으로, 특히 교육의 힘으로 반드시 이 일이
이루어질 것을 믿는다. 우리나라 젊은 남녀가 다 이 마음
을 가질진대 아니 이루어지고 어찌하랴. 나도 일찍 황해도
에서 교육에 종사하였거니와 내가 교육에서 바라던 것이
이것이었다. 내 나이 이제 칠십이 넘었으니 몸소 국민교육
에 종사할 시일이 넉넉지 못하다. 이제 나는 이 세상 교육
자와 학생들이 한 번 마음을 크게 고쳐먹기를 빌지 아니할
수 없다.

백범 장례식(1949년 7월 5일)

이 도서의 국립중앙도서관 출판시도서목록(CIP)은 e-CIP홈페이지(http://www.nl.go.kr/ecip)에서 이용하실 수 있습니다. (CIP 제어번호: 2016011330)

김구 말꽃모음

2016년 5월 31일 초판 1쇄 펴냄
2019년 2월 10일 초판 3쇄 펴냄

글쓴이 | 김구
엮은이 | 이주영
펴낸곳 | 도서출판 단비
펴낸이 | 김준연
편집 | 최유정
등록 | 2003년 3월 24일(제2012-000149호)
주소 | 경기도 고양시 일산서구 일중로 30, 505동 404호(일산동, 산들마을)
전화 | 02-322-0268
팩스 | 02-322-0271
전자우편 | rainwelcome@hanmail.net
ISBN 979-11-85099-78-1 03810